DE LA MÊME AUTRICE

LES PASSANTES, Mercure de France, 2020
LE NOM DU PÈRE, Les éditions du Chemin de fer, 2018
LEÏLA MENCHARI, LA REINE MAGE, Actes Sud, 2017
SILENCIEUSE, Seuil, 2017
LE GOÛT DU MARIAGE, Mercure de France, 2015
LA PASIONARIA, Naïve, 2015
NOIR ET OR, Seuil, 2015
LES CONVALESCENTES, Seuil, 2014
ROTRAUT, Dilecta, 2014
LE GOÛT DES MÈRES, Mercure de France, 2012
L'HOMME À LA CANNE GRISE, Seuil, 2012
VIRGINIA WOOLF, Naïve, 2011
LE GOÛT DE LA LECTURE, Mercure de France, 2010
NATHALIE SARRAUTE, L'APRÈS-MIDI, Naïve, 2010
LA FILLE, Seuil, 2010
NOIR PANTHÈRE, J.-P. Bayol, 2008
ABÉCÉDAIRE GOURMAND, NiL, 2008
UN SOUPÇON D'INDIGO, Seuil, 2008
EN SOUVENIR DE VOUS, Seuil, 2006
MONT-PERDU, Seuil, 2005
LES GARÇONS D'EN FACE, Seuil, 2003
LE FIL DE SOIE, Seuil, 2001
UN CERCLE DE FAMILLE, Seuil, 1996
HISTOIRES D'UNE FEMME SANS HISTOIRE, Julliard, 1993, Seuil, 1999
LE MERLE BLEU, Seuil, 1999
NATIVITÉS, Seuil, 1995
SORCIÈRES ORDINAIRES, Gallimard, 1999
EN SORTANT DE L'ÉCOLE, Julliard, 1992, Seuil, 1999

LES SILENCES D'ALEXANDRIE

Michèle Gazier

LES SILENCES D'ALEXANDRIE

ROMAN

MERCVRE DE FRANCE

À Pierre, à jamais et pour toujours.

La littérature nous a sauvé la vie. Nous y avons reconnu l'amour qui, sans elle, nous aurait peut-être échappé. Nous y avons découvert les langues de la révolte avant qu'elles ne nous étouffent. Nous y avons cueilli des fleurs pour nos fêtes [...]. Nous y avons séché nos larmes et pris des leçons de beauté; nous y avons réappris la puissance libératrice du rire.

PIERRE LEPAPE,
Ruines, Verdier

— Thérèse ! Thérèse !

J'ai dû crier assez fort car l'amie avec laquelle nous voyagions et qui cherchait avec moi les toilettes de l'aéroport s'est arrêtée net. Elle me précédait, fonçant en éclaireuse à travers la foule dense des vacanciers agglutinés sous les panneaux d'affichage. Tous les vols avaient des heures de retard et la tension était palpable. Un seul avion en provenance de métropole avait atterri et, s'ajoutaient aux touristes en attente de départ, les arrivants qui ne songeaient qu'à sortir à l'air libre après toutes ces heures de confinement. Puis, ne voyant rien pouvant nous détourner de notre but, et malgré mon air perdu, elle a continué à avancer sans se soucier de moi qui ne la suivais plus.

J'étais étourdie, comme si l'on m'avait frappée au visage. J'avais vu Thérèse. Il me faudrait une bonne heure pour accepter que ce n'était peut-être pas Thérèse mais une femme ressemblant à Thérèse que j'avais aperçue. Il n'y avait aucune raison pour que Thérèse soit ici, dans cet aéroport, ce 3 janvier de retour de vacances.

Combien de fois me suis-je rejoué la scène de ce jour de janvier où, dans l'aéroport de Pointe-à-Pitre, j'avais vu ou cru voir cette femme qui m'avait fait ses adieux à Paris, des mois auparavant, me promettant de ne plus jamais peser sur ma vie ?

Je me revois, perdue, troublée dans la chaleur de l'aéroport, excédée d'attendre un vol qui ne s'affichait plus qu'avec la mention « retard », sans plus de précisions, et ne comprenant pas si j'avais rêvé ou vu un fantôme.

Plus tard, je me suis demandé comment, dans cette foule bariolée et remuante, composée de tant de visages inconnus, de corps dénudés et transpirants, j'avais pu identifier Thérèse. Elle m'était apparue telle qu'en mon souvenir lointain, jeune et légère, franchissant la porte de l'atelier d'écriture et rejoignant pour la première fois la dizaine d'inscrits. Comment peut-on distinguer quelqu'un à qui on ne pense pas ou plus, dont on s'est débarrassé dans sa vie et dans sa tête, au milieu de cette multitude d'anonymes et en un lieu improbable où on n'imaginerait jamais le voir car aucun lien ne l'y relie ? Une femme mince, grande, vêtue de blanc, et comme auréolée d'une gloire de cheveux roux et frisés, se faufilait entre des voyageurs en colère et des enfants criards, et je n'avais eu aucun doute, c'était Thérèse à qui j'avais cessé de penser depuis ce fameux jour où elle était sortie de ma vie, et qui revenait simplement, troublante et belle comme une apparition. Thérèse que je reconnaissais, pourtant si différente de la femme brisée de notre dernière rencontre dans ce bistrot où je l'avais rejointe, où elle m'avait parlé enfin sans masques, sans mensonges – c'est du moins ce qu'elle avait prétendu, une femme ancrée dans son mal de vivre et son deuil. J'avais à peine eu le temps de la voir et pourtant je la reconnaissais sans le moindre doute, comme on reconnaît un visage familier sur une vieille photo de classe que le temps aurait jaunie, différent et identique, figé dans un éternel passé de jeunesse. J'aurais pu courir derrière elle, tenter de la rejoindre, mais j'étais paralysée. Il m'avait semblé qu'elle me regardait, c'est ce regard qui avait alors aimanté le mien et, au moment où elle se détournait pour s'enfuir – s'enfuyait-elle ? –, je l'ai vue se dissoudre dans un rayon de lumière. Puis la foule dense et agitée comme une mer en colère l'avait engloutie, se refermant sur sa silhouette pâle. Elle avait disparu sans que je puisse deviner vers où elle s'en était allée.

J'ai dû rester un assez long temps ainsi figée, essayant de voir au-delà du mur des voyageurs qui m'entouraient, car lorsque j'ai enfin atteint les toilettes, Simone en sortait, surprise de mon retard.

J'ai aperçu mon visage dans le miroir du lavabo. Il avait pris cette couleur blafarde, jaunasse disait ma mère, de mes retours d'évanouissement. J'étais devenue un fantôme.

— Tu as eu un problème ? m'a demandé Simone. Tu es toute pâle. Il faut dire qu'avec cette chaleur, on n'est jamais loin du malaise.

Puis me voyant éluder sa question, elle a ajouté :

— Passe-toi de l'eau sur le visage. Je viens de le faire et je te jure, ça fait du bien.

J'ai obéi sans conviction. L'eau du robinet était tiédasse

et les toilettes puaient le désinfectant qu'une jeune femme noire dispensait avec générosité. Le cœur au bord des lèvres, j'ai retraversé le hall encore plus encombré et j'ai rejoint notre groupe. Nous avons attendu un certain temps avant que notre vol soit affiché. Mais je n'en garde aucun souvenir.

Lorsque nous avons mis pied à terre à Orly, j'aurais été incapable de dire comment s'étaient déroulées les huit heures du voyage. Je me sentais dans un brouillard étrange, une sorte de malaise dont je ne parvenais pas à identifier les contours. Thérèse, ou la personne que j'avais vue à l'aéroport – Thérèse ? Un sosie de Thérèse ? –, avait anesthésié mes sens.

Mon compagnon et mes amis à qui je n'avais rien dit ont pensé que j'étais triste de rentrer ou que j'avais mal digéré le gratin de christophines dont je m'étais gavée tout au long du séjour et qui me reprochait mon départ, ou je ne sais quoi d'autre de farfelu qui, normalement, m'aurait fait sourire. Mais mon sourire aussi avait disparu, comme effacé de mon visage. J'étais sous le choc. J'ai su dès cet instant que, pour m'en sortir, il me faudrait refaire le voyage dans le temps, revisiter le monde de Thérèse.

1

La première fois que j'ai rencontré Thérèse qui ne s'appelait pas Thérèse, c'était il y a trente ans échus. Je venais d'intégrer l'Éducation nationale et pour l'année de stage pédagogique, on m'avait attribué une classe de première littéraire dans un lycée de Montpellier de bonne réputation. Les élèves – une majorité de filles – étaient tranquilles, attentifs, un peu mous. Je les aurais souhaités plus dynamiques, plus gonflés. Lorsque je pense aujourd'hui à ce que me racontent mes anciennes collègues qui n'ont pas, comme moi, quitté l'enseignement, j'ai un peu honte des attributs dont je qualifie ces jeunes des bons quartiers qui ne passaient pas leur temps le nez collé à un portable dont personne n'imaginait alors l'invention. Plus paresseux qu'excités, plus fuyants que grandes gueules, mes élèves semblaient suivre volontiers mes cours, au demeurant obligatoires, sans pour autant beaucoup participer aux échanges oraux qui seuls donnent vie à la classe. Avec ces premiers jeunes gens de ma vie de professeur, j'ai appris bien des choses et en particulier que le silence est une arme.

En user est un art. En abuser, une erreur. À toute question posée, ne jamais se précipiter pour combler le silence qui la suit. Pendant ce temps suspendu où si mouche il y avait, on l'entendrait voler, ne marquer aucune hâte, aucune gêne. Attendre. C'est tout. Il se trouvait toujours une de ces demoiselles, regard fuyant et nez baissé, parfois un garçon rougissant, pour craquer et répondre à ma question. Dès que les élèves avaient enfin compris que je ne comblerais pas le vide, aussi profond fût-il, c'était gagné. Nous pouvions envisager le dialogue.

L'année aurait pu continuer ainsi, des vacances de novembre aux vacances de Noël, des vacances d'hiver aux vacances de printemps puis d'été. Nous nous entendions bien. Sans excès dans les échanges hors programme. Une de ces jeunes filles finissait souvent par me demander la marque de mon eau de toilette ou l'adresse de mon marchand de chaussures. Il faut dire que j'avais à peine quelques années de plus qu'elles et que nous fréquentions les mêmes rayons des boutiques de mode. Les garçons se montraient plus discrets. Mes tenues et parfums ne les intéressaient pas plus que ceux de leurs mères. Mais je les sentais bienveillants.

Il m'arrivait de croiser les unes ou les autres au cinéma, au concert et le plus souvent dans les magasins d'alimentation où je faisais mes courses. Nous nous saluions avec plaisir et une forme de complicité charmante. Ils m'avaient adoptée. J'aurais préféré qu'ils adoptent aussi la littérature, mais ils n'en n'étaient pas là. Ils lisaient le moins possible, ou juste ce qui était au programme, apprenaient par cœur les explications de textes sélectionnés pour l'oral de français du bac et rendaient leurs copies de dissertation à l'heure. Aucun d'eux ne serait un grand littéraire ou si ce devait être le cas, il leur faudrait d'abord mettre les bouchées doubles. Se réveiller.

C'est sur cette mer calme de la classe de première littéraire que, juste avant Noël, a déboulé toutes griffes dehors une gamine rousse aux cheveux frisés ingérables et au regard de glace. Elle était beaucoup plus petite que ses camarades, plus jeune aussi. Elle arrivait d'Égypte, avait-elle dit dans un français sans accent lorsque je lui avais demandé de remplir la fiche de renseignements que tout enseignant soumet à sa classe. C'est à contrecœur qu'elle avait accédé à mon souhait, se bornant d'abord à me donner son lieu de provenance. L'Égypte. Elle mettait dans ce mot tout le mystère de ce pays de pyramides, de pharaons et de momies qui, pensait-elle sans doute, nous émerveillerait.

Mais non, elle ne m'émerveillait pas malgré ses yeux d'un bleu de lame, son minois de poupée rousse et ce pays dont elle répétait le nom d'une voix basse et voilée comme si elle nous faisait la grâce d'une confidence.

Sa fiche, remplie non sans tergiversations – C'est quoi ce truc ? À quoi ça sert ? C'est du flicage ! On ne m'a jamais demandé ça, etc. –, indiquait ses nom et prénom : Séréna Herbiu. Ses lieu et date de naissance : Alexandrie (Égypte), 25 novembre 1975. À la rubrique professions, elle avait écrit : Mère : artiste peintre. Père : sans.

Je n'ai pas osé lui demander si le « sans » signifiait sans père ou sans profession. Elle s'est tournée vers la classe et, sans le moindre mot ni l'ombre d'un sourire, elle est allée s'installer dans le fond de la salle, deux rangées derrière le dernier rang.

Qui a enseigné sait combien il est difficile d'intégrer un élève arrivé en cours d'année. La classe est une unité, comme une troupe de théâtre, dans laquelle les rôles se distribuent très vite, à peine quelques semaines, voire moins, après la rentrée. Chacun y a sa place, y joue son rôle, y construit ses amitiés et ses inimitiés. Les situations s'huilent, paisibles, ou s'installent, conflictuelles, avec plus ou moins de bonheur et de rancœur. En un sens, les affaires roulent. Il y a les taiseux qu'il faut aller chercher, les bavards que l'on doit circonscrire, les paresseux qu'il faut bousculer, et les timides, les marginaux qu'il faut rassurer et, dans la mesure du possible, entourer à défaut d'intégrer.

Séréna n'appartenait à aucune de ces entités. Elle était, elle, Séréna, quinze ans, avec une audace et une assurance qui nous stupéfiaient. Elle prenait la parole sans y être invitée même si un de ses camarades l'avait déjà. Et reprenait avec arrogance ceux dont les réponses incertaines ou maladroites méritaient qu'on les accueille et les corrige en douceur.

J'avais dû l'interpeller à plusieurs reprises, la remettant à sa place d'élève et lui faisant sentir mon autorité. Ici, la loi, c'était moi et personne d'autre. Elle avait rougi violemment et je la sentais bouillir d'une colère que ma remontrance et le ton sur lequel elle était faite avaient déclenchée. Sans doute n'avait-elle pas l'habitude d'être recadrée. Il y avait un début à tout.

Au programme de français du bac figuraient en bonne

place quelques classiques dont *Le Rouge et le Noir*. J'aimais particulièrement ce roman de Stendhal que les élèves lisaient sans déplaisir même si Zola restait l'écrivain du XIXe siècle dans lequel ils entraient avec le plus de facilité. Flaubert restant pour eux loin derrière. Sa langue exigeante les effarouchait. J'avais donc choisi Stendhal et *Le Rouge et le Noir*, né d'un fait divers et dont le personnage principal, Julien Sorel, incarnait une figure éblouissante de l'ambition. De mon temps d'élève, nous étions nombreuses à nous être énamourées de ce Julien obscur, venu de rien, qui séduisait une bourgeoise au cœur tendre dont il instruisait les enfants. Et nous n'étions pas vraiment choquées qu'il lui fût infidèle. Nous n'avions guère étudié les mécanismes de l'ascension sociale telle que la pratiquait Sorel, ni prêté attention aux ascenseurs sociaux – une expression en ce temps-là inusitée – dont pouvaient alors disposer les jeunes garçons issus de milieux modestes. Nous, les filles, étions tombées dans l'histoire d'amour, une de ces histoires impossibles qui faisaient rêver et pleurer les adolescentes de ma génération. Et puis il y avait Mathilde, la belle Mathilde, cette blonde aux yeux bleus et au caractère bien trempé – une lectrice de Voltaire, donc une jeune fille émancipée – que le beau Julien finirait par faire fondre comme il nous faisait fondre.

Nos élèves étaient-ils plus mûrs que nous ne l'étions ? Ou nous, professeurs, moins conventionnels que nos prédécesseurs ? Étudier *Le Rouge et le Noir* avec eux fut un moment étonnant tant sur le plan littéraire que sociologique. L'histoire d'amour qui avait canalisé toute mon attention d'élève avait laissé ma classe assez insensible. La vieille de Rênal qui aimait le jeune Julien n'était en somme qu'une cougar sentimentale.

La plus féroce sur le sujet était Séréna. Elle se déchaînait contre cette femme bigote, faible et séduite qui n'avait pas volé son sort. Nous étions loin de l'explication littéraire, de l'étude du style de Stendhal, et je crois que c'est là, à travers ce roman, que j'ai deviné quelques éléments de la vie de cette fille qui se cachait derrière son lieu de provenance et une verve peu commune pour son jeune âge.

Il me semble aussi que c'est à cette occasion, peut-être parce que j'étais obligée de la contraindre afin qu'elle laisse aux autres la possibilité de discuter, qu'elle a commencé à venir me voir après la sonnerie pour me dire « tout ce que je n'ai pas pu exprimer » (*sic*), et ce parce que je ne lui prêtais aucune attention. En réalité, elle me parlait de moins en moins de questions de cours et de plus en plus de sa vie. Ou du moins de ce qu'elle disait être sa vie.

J'ai assez vite compris que la littérature, *Le Rouge et le Noir* en l'occurrence, n'était pas pour elle un simple sujet d'étude mais aussi un support à sa pensée, ses fantasmes, et je dirais même sa folie. Le héros de Stendhal était un passeur pour ses émotions. Et c'est à lui, et non à Madame de Rênal ni même à Mathilde de la Mole, une jeune fille à conquérir comme une place forte, que Séréna s'identifiait. Elle était une conquérante de quinze ans prête à en découdre pour faire son chemin.

Lorsque je repense à cette première année d'enseignement, c'est la figure guerrière de Séréna la mal nommée, pas sereine du tout, que je revois toujours. Elle n'était ni la plus brillante ni la plus mauvaise de cette classe. Elle était Séréna l'énigme, la petite Égyptienne jamais contente et, me semblait-il, malheureuse. Celle qui cherchait dans les romans, les nouvelles, les poèmes des morceaux de vie à coller sur sa propre vie pour en modifier les contours et lui donner du sens. Comme si son existence de jeune fille issue d'un milieu apparemment aisé ne lui suffisait pas, trop étroite pour ses rêves, ses désirs, sa rage de vivre.

Sans doute fallait-il ajouter à son mal-être d'adolescente les problèmes de sa propre histoire familiale dont j'ignorais presque tout. Le « sans » dans la case du formulaire consacrée au père paraissait bien signifier son absence. Elle n'en parlait jamais. Seule sa mère avait une couleur plus qu'une épaisseur dans ses propos. Et j'avais fini par comprendre que celle-ci vivait avec sa fille et une autre femme. Parente ? Compagne ? Secrétaire ? Séréna l'évoquait rarement. Je ne l'avais jamais vue durant cette année-là et ne ferais que l'apercevoir des années plus tard. En revanche, j'étais allée au vernissage d'une exposition de Lena Herbiu que j'avais identifiée comme étant la mère de Séréna, qui s'était bien gardée de m'en informer. Comme si la célébrité maternelle occultait la lumière qu'elle cherchait à capter de toute son énergie.

Cette même année de mes débuts dans l'Éducation nationale, alors que bébé professeur je découvrais le métier avec un enthousiasme non dissimulé, j'avais été sollicitée par des collègues du lycée qui organisaient une semaine de voyage en Espagne avec des premières et des terminales qui étudiaient la langue de Cervantès. Une quinzaine de mes élèves y étaient conviés et mon cours en serait perturbé. Mais si j'acceptais, je serais la bienvenue pour accompagner le groupe. Le professeur de dessin, le professeur de sport et l'enseignante d'espagnol qui en était l'initiatrice seraient du voyage.

Nous irions à Madrid visiter le musée du Prado et voir une pièce de théâtre de Lorca. Au retour nous ferions une brève halte à Barcelone pour y découvrir la Sagrada Familia. J'avais accueilli la proposition avec joie, ignorant encore les contraintes d'un tel voyage avec quarante élèves dont seulement sept étaient majeurs.

Quand bien plus tard j'ai revu Séréna, qui ne s'appelait plus Séréna, dans un tout autre contexte que l'école – j'animais un atelier d'écriture où elle s'était inscrite –, j'ai tenté en vain de lui rappeler les souvenirs de cette année scolaire qu'elle disait ne pas avoir vécue dans ce lycée de Montpellier car elle n'était jamais allée à Montpellier, pas plus qu'elle n'était née à Alexandrie.

J'étais sûre de ne pas faire d'erreur. Je reconnaissais jusqu'à la fine cicatrice sur sa lèvre supérieure dont elle m'avait raconté l'histoire – une chute de trottinette lors d'une descente sans freins dans un jardin public dont elle avait voulu dévaler la pente pour éblouir sa maman. Mais la jeune femme rousse et frisée aux yeux de glace qui suivait mon atelier s'était contentée de sourire en me disant : « Votre Séréna, c'est bien ça, votre élève s'appelait Séréna, vous a laissé un souvenir inoubliable. Hélas ce n'est pas moi, je le regrette. Moi, je ne suis que Thérèse Birdeau et je viens tout bêtement de Chartres. »

Le seul récit qui, me semble-t-il, avait déclenché dans son regard une sorte de lumière pâle, comme une lueur de luciole par une nuit d'été, était celui de notre voyage à Madrid que j'avais tenté de lui relater pour réveiller sa mémoire.

Préparer et organiser un voyage scolaire n'est pas une sinécure. Sans doute mes collègues m'avaient-ils trouvée trop novice, pas assez expérimentée, pour me faire participer aux préparatifs de transports, réservations d'hôtels, de restaurants, billets de théâtre, entrées de musée. Cependant, rien de l'encadrement et des péripéties qui en découlaient ne m'avait été épargné et, voulant me montrer responsable, j'en assumais la charge sans me plaindre. L'organisatrice ployait sous les tâches multiples. Tandis que les deux autres enseignants, un professeur d'art plastique proche de la retraite et un jeune sportif, se débrouillaient avec talent pour échapper aux corvées.

Au départ, je me réjouissais de découvrir Madrid que je ne connaissais pas. J'avais fait quelques années plus tôt une courte incursion à Barcelone pour y visiter le musée national d'Art de Catalogne et les constructions folles de Gaudí. Seule la Sagrada Familia, cette basilique de béton inachevée que les Catalans s'efforçaient de terminer dans l'esprit supposé d'un Gaudí mort sous les roues d'un tramway en 1926, et qui n'aurait sans doute pas adhéré à l'interprétation de ses plans, était à notre programme de voyage scolaire dont nous avions un peu réduit la voilure catalane.

J'ai souvent voyagé en famille dans l'insouciance de l'enfance ou l'ennui grognon de l'adolescence. Plus tard je suis partie avec des amies, des copains, un amoureux. Jamais avec des gens dont j'étais responsable. Et lorsque ma collègue hispaniste m'avait annoncé les quarante jeunes que nous devions encadrer dont « seulement sept majeurs », je n'avais pas prêté attention à ces sept dont la majorité ne me semblait pas être une particularité remarquable. Me restait à découvrir que nous embarquions trente-trois mineurs et que tout problème les concernant était directement notre problème.

Le choix avait été fait de voyager en car grand tourisme d'une capacité de cinquante places, ce qui nous laissait un peu de marge – nous serions quarante-quatre – et nous permettait d'avoir un moyen de transport sur les sites que nous souhaitions rallier. Montpellier-Madrid, environ 950 kilomètres et neuf ou dix heures de route, se ferait sans escale et donc de nuit. Nous débarquerions à l'aube dans la capitale espagnole. Le confort du car moderne nous permettrait de dormir et d'arriver en bonne forme. Nous avions donné tous ces renseignements aux parents d'élèves réunis.

Les années ont estompé la lourdeur du trajet, les péripéties du parcours, ma fatigue et mon insomnie, et cette frustration que je retrouve parfois à ne pas pouvoir deviner le paysage dans la noirceur nocturne.

Je sais que j'ai éprouvé tout cela, mais je ne m'en souviens pas. J'ai ce même sentiment étrange que laisse une douleur forte longuement ressentie, enfin disparue, que l'on peut plus ou moins décrire mais dont les mots qui tentent de la saisir, de l'évoquer, ne rendent pas compte. Le corps efface, la tête s'obstine à vouloir garder pour comprendre, pour mieux résister à l'assaut d'une prochaine souffrance qui ne manquera pas de venir, mais elle échoue.

Ce que je me rappelle clairement, en revanche, c'est notre arrivée à Madrid, Puerta del Sol, dans la lumière douce d'un jour clair et ensoleillé.

La réaction des élèves à moitié endormis était drôle. L'un d'eux qui n'avait sûrement pas beaucoup voyagé avait dit : « Mais c'est grand, beaucoup plus grand que Montpellier. » Et les autres avaient ri en le traitant de bouseux.

Séréna, qui lors de la préparation du voyage avait rechigné à l'idée de faire un aussi long trajet en car et s'était indignée que nous ne puissions pas prendre l'avion, avait encaissé la lourdeur du parcours sans émettre le moindre commentaire. Elle était ni plus ni moins sonnée que les autres et de moins mauvaise humeur que je ne le craignais. L'air de Madrid lui fait du bien, ai-je pensé sur le moment.

Je suis revenue par la suite sur cette première impression. Mais c'est une autre histoire.

Au cours des nombreuses réunions qui avaient précédé notre départ – réunions entre professeurs, réunions avec les parents d'élèves, réunions avec les élèves et leurs parents, dernière réunion avec les élèves dans le car, juste avant de prendre la route –, nous avions fixé les consignes du séjour. Les majeurs auraient une permission de sortie dans la journée plus une heure après le couvre-feu, soit après le repas, tardif en Espagne. En dehors des visites programmées, les mineurs pourraient, dans la journée, sortir en groupe avec un professeur et devraient obéir aux consignes horaires. Le soir, pas de sortie après le dîner sauf pour la représentation théâtrale de *La casa de Bernarda Alba*, la pièce de Lorca dont une partie des élèves avait travaillé quelques scènes en français et en espagnol. Tout cela semblait très lourd et contraignant, mais assez vite les regroupements se sont faits par affinités et les visites de musées ou de la ville épuisaient nos lycéens peu marcheurs. Les filles étaient les plus vaillantes, toujours prêtes à aller faire du lèche-vitrine même après une matinée au Prado et une visite-canotage au jardin du Retiro. Étant la plus jeune enseignante, j'étais la plus sollicitée pour aller traîner du côté des boutiques de mode. Flanquée d'une dizaine de gamines, j'ai écumé les grands et moins grands magasins, du Corte Inglés à Zara.

Il fallait garder l'œil, ne pas perdre une jeune fille dans les rayons maquillage, ne pas laisser les plus audacieuses répondre aux *piropos*, ces plaisanteries que les garçons espagnols lançaient aux filles pour les draguer en les faisant rire.

Genre « tu es belle comme un camion », ou « tu es comme un train », rien de bouleversant ni de vraiment choquant, et qui passe aujourd'hui pour de l'agression machiste, ce qui ferait hurler de rire les plus pudiques de nos grands-mères. En ces années lointaines du voyage, nous n'en étions pas là, et les élèves s'amusaient de ces prétendus compliments qui dans le fond leur disaient simplement : je t'ai vue, je t'ai remarquée, tu es jolie. Pas davantage.

La rousseur flamboyante de Séréna ne passait pas inaperçue. Mais avec ses quinze ans, sa silhouette fine et son regard dur et fermé, elle éloignait plus qu'elle n'attirait. Un adolescent dans la rue lui avait dit qu'elle était la *hija del diablo*. La fille du diable. « Regarde, avait-il crié à son copain qui filait en rollers, regarde, c'est la fille du diable. »

Je n'avais pas eu besoin de traduire. Et personne n'avait ri. Ni ses camarades, ni moi, et surtout pas elle qui avait accueilli cette phrase comme on reçoit une gifle, sonnée, mais sans broncher. Avec juste une rougeur soudaine sur le visage. Le surnom lui est resté jusqu'à la fin de l'année scolaire même si elle a quitté le lycée bien avant. Ensuite elle a disparu, repartie vers une destination dont nous ne savions rien, et que nous imaginions lointaine. Peut-être était-elle retournée en Égypte. Et dans le fond, il m'avait semblé que pour tous ceux qui terminaient leur scolarité au lycée l'année suivante, le cri du cœur avait dû être : bon débarras.

Cette fille était insupportable de prétention, de mépris, de contentement de soi, m'avaient dit, excédés, les élèves du voyage, après la soirée Lorca.

C'est cette fameuse soirée Lorca que j'ai évoquée devant elle lorsque je l'ai retrouvée presque vingt ans plus tard, sous une autre identité. J'avoue aujourd'hui que c'était de la provocation. Elle avait dit ne pas me reconnaître, ne pas me connaître du tout, mais être ravie de venir à mon atelier d'écriture dont des amies lui avaient dit le plus grand bien. Car côté atelier d'écriture, « il y avait à boire et à manger ». La formule familière était presque choquante dans sa bouche de jeune femme élégante qui se passionnait pour la littérature et pensait que savoir mettre des mots sur les choses lui permettrait de « circuler avec plus de légèreté » à travers les grands textes.

Je ne suis pas très fière du piège que je lui ai tendu alors, mais j'avais besoin de savoir si je devenais folle ou si Thérèse Birdeau, que j'avais identifiée comme mon ancienne élève Séréna Herbiu, se moquait de moi.

Aux six personnes qui suivaient l'atelier, dont elle, j'ai proposé un texte que j'avais écrit avec pour consigne de le terminer à la première personne, en fonction de la logique interne du récit et de leur propre lecture. J'y rendais compte avec précision de la fameuse soirée Lorca. Je l'avais intitulé « Voyage scolaire ».

Ce soir-là devait être le moment fort de notre séjour à Madrid. Nos professeurs nous avaient cornaqués depuis notre arrivée et nous n'avions guère eu la possibilité de prendre le large. L'hôtel où nous étions logés avait dû recevoir des consignes afin qu'aucun de nous ne puisse sortir le soir. Nous marchions en groupe, visitions en groupe, déjeunions et dînions en groupe. Et nous étions deux ou trois par chambre. Pas la moindre intimité. Surtout pour moi qui n'avais pas l'ombre d'un copain ou d'une copine dans cette classe où j'étais l'étrangère. Lors de la distribution des chambres et des tables, ils s'étaient tous choisis par affinités. J'étais le boulet que personne ne voulait et qui ne voulait personne. J'avais donc hérité de la plus nulle du groupe, une chochotte qui pleurnichait dans son lit, de fatigue, prétendait-elle. Moi, j'aurais pu faire trois fois le tour de la ville sans avoir la moindre douleur physique. J'aurais pu rester des heures à ramer sur le bassin du Retiro, ou à m'évader dans les salles de peinture flamande et allemande, à m'étourdir devant les tableaux fous de Jérôme Bosch, à me perdre devant Les Menines *de Vélasquez. Mais j'étais bien seule à faire de tels rêves. La majorité des élèves se réfugiait très vite à la cafétéria où nous devions nous rendre si nous nous perdions durant la visite. Moi, je me suis perdue, éperdue, devant* Le Jardin des délices. *Et c'est un des professeurs qui m'a arrachée à ma contemplation.*

Ai-je vraiment rejoint le groupe ? En apparence oui. J'ai suivi, à ma manière, à quelques mètres de distance, pour pouvoir respirer, regarder. Vivre. En réalité je ne rêvais que de cette soirée de théâtre, la seule vraie sortie de nuit qui nous était permise. La casa de Bernarda Alba, La Maison de Bernarda Alba. *J'avais aimé ce texte de Lorca que nous avions étudié en classe. J'en aimais la violence, les silences, les secrets, tout ce qui faisait écho à ma vie. Pourtant ce n'est ni la mise en scène, ni les comédiens prestigieux, ni le théâtre lui-même qui occupaient mon esprit, mais ce qui se passerait ensuite, lorsque, laissant élèves et professeurs à l'émerveillement du spectacle, je pourrais enfin me faufiler vers la sortie.*

2

Je reviendrai plus tard sur ce travail de l'atelier d'écriture réalisé à partir de ce texte. Je reprends juste le fil du récit, et pour l'heure Séréna n'est pas encore Thérèse. Thérèse n'existe pas, mais a-t-elle jamais existé ? J'ai vingt-deux ans et j'accompagne un voyage scolaire à Madrid qui se déroule, semble-t-il, le plus normalement possible.

Le métier d'enseignant est une sorte de piège pour qui l'adopte sans trop y réfléchir. Juste parce qu'on est bon élève, que notre travail obtient bonnes notes et mentions. Les questions viennent ensuite. Envie de partager le savoir ? Sécurité de l'emploi ? Longueur des vacances ? Rien de tout cela dans le fond. J'aime la formule de Zazie – Queneau – *dans le métro* qui veut être institutrice « pour faire chier les mômes ». Comment mieux dire – en termes choisis – qu'enseigner c'est d'abord contraindre parce que toute forme d'éducation est d'abord une contrainte. Ensuite, lorsqu'on maîtrise à peu près la contrainte, on peut goûter à un semblant de liberté. Être enseignant dans un lycée lambda, c'est entrer dans le monde ordinaire, pas celui, suspendu, de la vie étudiante, un monde où cohabitent toutes les couches de la société, où les horizons étroits de l'individu s'élargissent. L'école est un échantillon du monde. Alors comment ne pas laisser filer au second plan les fondamentaux du métier – partages des savoirs, contrôles des acquis – lorsqu'on a devant soi des garçons et des filles perdus dans leur famille, leur vie, leurs connaissances, leur milieu social ? Des filles et des garçons qui se frottent et se cognent au réel, qui se construisent contre et avec, qui avancent à tâtons vers l'âge adulte et à qui on doit enseigner du français, des mathématiques, de l'histoire, etc., alors qu'ils sont pris dans le tourbillon de leurs désirs, de leurs problèmes, de leur solitude.

À vivre jour et nuit, même un temps court, avec des adolescents que l'on instruit et dont on est responsable, on apprend mieux ce qu'est le métier de professeur. Détenteur d'un savoir certes, mais aussi, surtout, assistante sociale, infirmière, psychologue, mère ou grande sœur (selon l'âge), confidente... Étions-nous ainsi quand nous étions à leur place ?

Sans doute, mais les rigidités de l'institution étaient plus protectrices pour les enseignants et plus dures pour les élèves. Au lycée, je n'aurais jamais osé confier mes peines ou mes angoisses à un professeur. Et l'établissement élitiste où j'ai fait mes classes n'aurait pas permis la moindre familiarité entre maître et disciples. Passée de l'autre côté de la barrière, je ne regrette rien de ce temps-là.

J'ai regardé Madrid avec une curiosité adolescente, et ce sentiment récurrent de n'en savoir pas plus que les jeunes garçons et filles que j'accompagnais – je devrais écrire « qui étaient sous ma responsabilité ». Mais tout à la joie de ce voyage, et malgré les avertissements de collègues plus habitués à ce genre de sortie, et qui ne cachaient rien des problèmes possibles soulignant l'extrême vigilance que chacun de nous devait déployer (insistance sur le chacun de nous), je me suis plus identifiée aux élèves qu'aux professeurs. Après tout j'avais presque leur âge et même si j'étais en mission, je n'étais pas en cours. En bref, je me suis sentie presque libre. Trop de presque et pas assez de certitude. Le professeur d'espagnol m'a vite, et gentiment, recadrée. Je pouvais accompagner les gamines dans leur vagabondage marchand après les visites, mais pas question de les laisser traîner derrière moi.

Comme il était facile en ce temps-là – les années 86-90 – d'organiser toutes sortes de sorties et surtout d'aborder en classe les sujets les plus divers. Est-ce parce que j'étais une jeune femme accompagnant des jeunes gens, ignorant encore, comme eux, les contraintes de la vie adulte, que je vivais cette forme de liberté qui me semble aujourd'hui impensable ? Je n'en avais alors aucune conscience. Tout autre mode de pensée et de vie personnelle et professionnelle m'était étranger. Les seuls « risques du métier » encourus se réduisaient à ceux exposés dans ce vieux film français vu à la télévision lors d'un passage tardif, qui racontait l'histoire d'un enseignant – interprété par Jacques Brel – injustement accusé de pédophilie. La menace me paraissait bien lointaine en cette première année de mon professorat. Que me demandait-on alors au cours de ce voyage ? De veiller à ce que les mineurs du groupe « ne fassent pas de bêtises ». L'expression même me semble désormais dérisoire. Et ces « bêtises » à éviter concernaient essentiellement les filles, bien entendu...

Et dire que cela ne m'avait pas vraiment choquée ! J'avais juste compris que les garçons mineurs ou majeurs, tous également plus réservés que leurs camarades filles, pouvaient être pour moi des alliés. Pas de crainte de les perdre dans les boutiques de fringues ou de maquillage. Juste la peur de les retrouver plus ou moins éméchés par les nombreuses bières – des Corona – qu'ils vidaient avec allégresse, et de les voir se ruiner pour un peu d'herbe, si facile à dealer dans les rues espagnoles, et ce sous le regard indifférent du prof de gym censé les surveiller. Mais quoi qu'il arrive leur honneur restait sauf.

J'avoue que malgré mon féminisme ardent – du moins me semblait-il ainsi – l'idée ne m'était pas alors venue de penser que les fameuses bêtises dont il fallait protéger les filles et dont personne ne faisait mention pour les garçons étaient perfidement discriminatoires.

La remarque de jeunes femmes qui, des décennies plus tard, fréquenteront mon atelier d'écriture – « Un garçon qui drague est un séducteur, une fille qui drague est une pute » – m'a renvoyée sans pitié à mon aveuglement d'alors. Le fait est que durant ce lointain voyage je me suis appuyée sur la fragilité et l'immaturité des garçons pour contenir la liberté des filles. Honte à moi !

Sans doute le moment est-il venu d'aborder *La casa de Bernarda Alba*, et cette soirée madrilène au théâtre, clou de notre voyage. Évoquer la mise en scène, la beauté austère du décor, la violence de la langue qui charriait celle des situations. Ayant lu jadis, lorsque j'étais en classe de première, cette œuvre de Lorca en français et n'étant alors pas un as dans la langue de Cervantès, j'avais de la réception du texte à peu près le même degré de compréhension que les élèves qui l'avaient étudié. En tout cas, je les voyais totalement subjugués, révoltés, et je partageais leur émotion.

Ces filles enfermées pour un deuil de huit ans par leur mère veuve et désireuse de perpétuer la tradition ancestrale de cette réclusion familiale étaient déchirantes. Pourtant je ne saurais m'étendre sur la pièce de Lorca, ni sur ses intentions, ni sur son caractère testamentaire, même si je savais qu'elle avait été écrite peu avant l'assassinat du poète par la *guardia civil*. Pas plus que je ne parlerai du retour à l'hôtel et du trouble des élèves. Tout cela a été balayé par la disparition de Séréna.

Pris par la pièce, aucun de nous ne l'avait vue se faufiler vers la sortie. À quel moment ? Pendant la représentation ? Ou avait-elle attendu les applaudissements et les vivats pour se glisser hors du théâtre ? La vérité est que pas un de nous, professeurs ou élèves, n'a pris conscience de son absence avant d'avoir rejoint l'hôtel. Nous étions tous dans cet ailleurs d'une situation violente et, dans le fond, prémonitoire des drames à venir – le meurtre de Lorca, la guerre civile –, et l'idée même que l'un des élèves joue les filles de l'air ne nous avait pas effleurés. Nous avons filé vers nos chambres, trop sonnés pour échanger le moindre commentaire ou compter nos moutons. Nous reviendrions sur la mise en scène et l'interprétation de *La casa de Bernarda Alba*, le lendemain, avait proposé le professeur d'espagnol. C'est sur ces mots que mes collègues, nos élèves et moi nous nous sommes séparés.

Les enseignants avaient des chambres individuelles. Les élèves étaient dans des doubles ou triples. Les filles avec les filles et les garçons entre eux. Nous les avions laissés choisir leur coturne. J'avais vaguement su que Séréna avait souhaité, dès la deuxième nuit, se débarrasser de sa voisine pleurnicharde qui avait pris le lit vacant d'une autre chambre. Elle se retrouvait donc seule. J'avais imaginé que comme en classe, Séréna s'était débrouillée pour qu'on ne lui attribue personne en remplacement. Mais je m'étais désintéressée de la chose. C'était son problème.

J'étais en train de me brosser les dents quand on a toqué à ma porte. Il était déjà très tard et j'ai éprouvé une sorte de malaise. Qui venait me déranger à cette heure ? Tentation de faire la sourde oreille. Mais impossible, ce pouvait être un élève malade. J'ai réenfilé le pull que j'avais ôté et je suis allée vérifier, l'oreille collée à la porte, que l'intrus était toujours là. En l'absence de mouchard, impossible de voir qui avait frappé mais je percevais l'agitation d'une présence indécise. Mon « Qui est là ? » était faiblard, et la réponse chuchotée, « C'est moi madame, Florian ! », m'a étonnée et soulagée.

Florian n'était pas un de mes élèves. Il faisait partie des majeurs de la terminale littéraire et je le connaissais à peine, mais il m'avait semblé plus mûr et réservé que ses camarades. Il s'est excusé et m'a dit :

— Je crois qu'il y a un problème. Séréna n'est pas rentrée à l'hôtel.

Je l'ai fait répéter en l'accablant de questions bêtes du genre : Comment le savez-vous? Vous l'a-t-elle dit? Êtes-vous allé dans sa chambre?

Je me suis reprise devant son air vaguement exaspéré. Peu importait comment il le savait. Il le savait, c'est tout. Il savait aussi qu'elle avait un rendez-vous. Elle le lui avait dit. Enfin, elle avait frimé dans le bus au cours du long voyage, et lui avait déclaré qu'à Madrid elle pourrait se réfugier à l'ambassade de Belgique. Elle y était attendue. Et personne ne pourrait l'en empêcher. Elle lui avait intimé l'ordre de garder le secret. Il avait promis de ne pas vendre la mèche, tout en étant persuadé qu'elle bluffait. Elle racontait tellement d'histoires saugrenues. Il n'avait pas cru bon de nous prévenir. En plus, il ne voulait pas la peiner. Elle était gentille sous ses airs de princesse offensée, et si incomprise...

Il continuait à chuchoter et je lui répondais de même, sonnée par ce qu'il m'apprenait. J'ai demandé à Florian s'il était le seul au courant. Non, il y avait aussi Antoine qui partageait sa chambre.

— Antoine et moi avons pensé que nous pourrions peut-être nous rendre à l'ambassade de Belgique avec vous, sans inquiéter les autres. Enfin essayer de la ramener avant demain. Vous êtes la plus jeune et il nous a semblé que vous étiez la mieux placée pour ne pas en faire un drame.

3

Chère Madame L.,

Je vous écris d'Italie où je suis allée rejoindre ma famille. Je n'ai jamais eu l'occasion de l'évoquer au cours de nos rencontres d'atelier. En réalité, je parle assez peu de moi, même si vous nous incitez, sans doute à juste titre, à prendre appui sur notre expérience et sur notre vie pour initier et développer l'écriture. Ma famille est à la fois ma source et mon secret. Je la protège comme elle me protège. Ma vie complexe serait à elle seule un roman, disent mes amis. Mais je sais, à travers ce que vous nous en dites, que la vie et le roman sont deux mirages dont les représentations, réalité et fiction, ne peuvent nous délivrer de l'angoisse. Tout est fiction, répétez-vous volontiers, et écrire sa vie c'est aussi la rêver. La mienne se rapproche plus du cauchemar que du rêve, et vous comprendrez que je la garde précieusement enfermée dans le silence.

L'histoire dont vous amorcez le récit et que nous devons compléter en guise d'exercice est à la fois trop précise – vous semblez l'avoir en partie vécue – et trop éloignée de moi. Je ne suis jamais allée en Espagne, je n'ai jamais étudié Lorca et il serait factice que je rédige un texte seulement formel imaginant la suite de la disparition de cette adolescente. S'il m'est arrivé de disparaître, c'est dans un contexte bien plus dramatique que celui d'un voyage scolaire.

Je ne peux pas répondre à votre demande, mais je peux vous raconter une autre histoire sur un thème proche. Et parce que « je est un autre », comme vous nous le répétez souvent, je l'écrirai à la première personne.

Je n'ai jamais bien su séparer le réel et le rêve. L'angoisse d'une situation, du cauchemar qui l'annonce ou l'amplifie. Je crois aux rêves prémonitoires. Je crois que nous savons le futur mais que nous refusons de l'admettre pour nous en protéger.

J'ai quatorze ans, je suis seule en vacances chez des amis de ma famille. Ils m'ont installée dans une chambre à l'étage de la grande maison où ils habitent. Ils la nomment le perchoir. Cette chambre est accessible par l'entrée principale mais aussi par un escalier extérieur qui donne dans un petit jardin. J'y passe la plupart de mon temps à lire. Les amis qui m'accueillent travaillent toute la journée et ont peu de temps à me consacrer. Ils sont gentils, attentifs, cependant ils ne s'occupent de moi qu'après dix-huit heures, souvent plus tard.

Mais ai-je envie qu'on s'occupe de moi ? Je n'en garde pas le souvenir. J'ai mes livres, ma radio et des blocs de papier sur lesquels j'écris des lettres et mes états d'âme. Parfois, quand le temps le permet, je m'installe dans le jardin en balcon sur la rue et j'observe les gens, cachée derrière les petites haies de sureaux qui le bornent. Le temps est étale, à peine scandé par les heures des repas, les conversations qui les accompagnent, les appels téléphoniques de mes parents, rares. Nous sommes une famille qui écrit plus qu'elle ne parle. La distribution du courrier, que j'accueille seule, est un moment que j'aime.

En principe, personne ne monte jusqu'à mon perchoir. Je suis censée faire mon lit, enlever la poussière et veiller à ce que la femme de ménage qui vient deux fois par semaine passe l'aspirateur, nettoie la salle d'eau adjacente et aère l'ensemble. Ni elle ni moi ne devons ouvrir les grands placards qui tapissent le fond de la pièce. Ils sont pleins d'affaires en souffrance et de valises. Nous risquerions de recevoir les unes ou les autres sur la tête tant toutes ces choses sont tassées et entassées. Un jour il faudra les vider. Mais ça, c'est une autre histoire. Et le commentaire s'arrête là.

Je me débrouille toujours pour être ailleurs quand la femme de ménage déboule. Elle parle fort et sans arrêt une langue étrangère que je ne comprends pas. Que je refuse de comprendre. En réalité je ne veux pas répondre à ses questions ni écouter les potins qu'elle tente de m'imposer sur mes hôtes. Et en particulier sur leur fille adoptive dont je devine, dans ses propos, la mauvaise réputation. Je crois qu'elle est divorcée, ou peut-être seulement séparée. Mais je n'ai jamais vu son mari, si mari il y a, elle n'en parle pas. Et d'ailleurs ces histoires d'adultes ne m'intéressent pas.

Mon séjour se poursuit, monotone et dans le fond agréable. Personne pour m'imposer quoi que ce soit. De vraies vacances ! Jusqu'à cette nuit dont je ne sais plus si elle fut réalité ou cauchemar.

Il est deux heures du matin et je viens d'éteindre la lampe. J'ai lu d'une traite *Jane Eyre* et j'en suis encore bouleversée. Je flotte au-dessus du sommeil. Parfois je coule et je plonge dans des flammes jaillies de mon roman. Je me réveille pour me sauver. Pas la moindre lumière à travers les fissures des volets. Il fait nuit. Et je me rendors avec appréhension. Je ne veux pas retrouver l'incendie auquel Jane ou moi, je ne sais plus, vient d'échapper. Mais je suis fatiguée et le sommeil est le plus fort. J'entends un bruit de portes, un pas lourd, un autre bruit de serrure et un grincement. J'ai esquivé le feu et ma terreur s'est apaisée. Je dors, je veux continuer à dormir. Je continue à dormir. Un nouveau grincement de porte et la chute d'un objet lourd m'arrachent à la douceur de l'instant. Furieuse, je sors de ma torpeur, juste pour voir une haute silhouette quitter ma chambre une grosse valise à la main. Je n'entends pas les pas dans l'escalier. Je suis persuadée d'avoir surpris un fantôme. Je suis sans voix.

Le lendemain, j'ai ouvert le placard interdit. Il était à moitié vide. Je l'ai refermé. Et j'ai gardé le silence sur cet événement nocturne.

Longtemps je me suis interrogée sur ce que j'avais vu ou cru voir. Je n'ai jamais souhaité en apprendre davantage. Je crois aux histoires sans suite.

4

Et moi, qu'avais-je cru ? Que Thérèse allait me raconter ce qu'elle avait fait pendant ces longues heures nocturnes où les deux garçons qui m'accompagnaient et moi, le bébé professeur, avions erré dans Madrid jusqu'à cette ambassade belge où les deux vigiles nous ont regardés comme des fous alors que, à trois heures du matin sonnées, nous tentions de leur expliquer, en français, mais ils étaient tous deux espagnols, que nous venions chercher une élève française, une certaine Séréna qui avait dû rejoindre l'ambassadeur ou peut-être son fils, un garçon de son âge – mais que savions-nous de l'ambassadeur, de son âge ou de celui d'un hypothétique fils dont notre Séréna aurait été amoureuse ?

Notre insistance a failli nous envoyer chez les flics, les deux vigiles nous croyant fin saouls s'énervaient et menaçaient d'appeler la police. *¡Policía! ¡Policía!*

Le mot n'avait pas besoin de traduction.

Comme il n'était pas possible de franchir le seuil de l'ambassade et que, l'heure avançant, on voyait poindre les premières lueurs roses de l'aube, les garçons et moi avons décidé de faire le tour du pâté de maisons pour que, si elle finissait par sortir de son refuge, nous puissions reconduire Séréna jusqu'à l'hôtel sans trop faire de vagues.

Mais quelle preuve avions-nous qu'elle était bien là, dans ce morceau de Belgique sur le sol espagnol ? Vers cinq heures, nous avons regagné nos chambres bredouilles.

Pas le temps de dormir vraiment, un passage rapide sous la douche et c'était déjà l'heure du petit déjeuner. Dans la salle à manger où quelques élèves étaient déjà installés, j'ai retrouvé notre fugueuse attablée devant un bol de café au lait dans lequel elle trempait des churros qu'elle mangeait avec appétit.

Il était hors de question que je partage avec mes collègues l'expérience cuisante de notre longue nuit d'errance. Personne n'avait remarqué l'absence de Séréna, et a fortiori son retour nocturne ou au petit matin.

J'ai dit aux garçons, aussi perplexes que moi, que ce serait notre secret.

Je ne voulais en aucun cas les mêler à mes recherches sur la disparition de Séréna. Ils avaient assez donné de leur temps, de leur sommeil et de leur patience. Mais je ne pouvais pas me résoudre à laisser dans l'ombre les activités de cette fille étrange et, dans le fond, assez antipathique.

Où avait-elle disparu ? Assurément pas à l'ambassade de Belgique, ou alors elle en était sortie par une porte dérobée qui avait échappé à notre vigilance.

Notre séjour madrilène touchait à sa fin, le spectacle Lorca en étant le clou. J'ai accompagné un groupe de filles faire quelques achats, des cadeaux pour leur famille ou pour elles. Sur les conseils du professeur d'espagnol, nous sommes toutes revenues avec d'odorantes savonnettes Heno de Pravia qui resteront à jamais pour moi le parfum de Madrid. Séréna s'était jointe à la bande et avait participé assez joyeusement aux recherches de cadeaux. Elle semblait délivrée d'un poids.

Dans le car du retour, elle m'a demandé si elle pouvait s'asseoir à côté de moi. Surprise, j'ai acquiescé. Il est vrai qu'elle n'avait pas d'ami fille ou garçon, je pouvais donc faire l'affaire comme voisine de voyage. Je n'ai pas soupçonné son désir de dissiper les ombres qui la cernaient. Je ne dirais pas de s'expliquer, mais au moins d'éloigner de possibles interprétations gênantes.

Nous avions à peine terminé notre pique-nique – sandwichs et clémentines – qu'elle m'a dit sans préambule :

— Pardon de vous avoir fait passer une nuit blanche et merci de ne pas m'avoir dénoncée. Mais il ne fallait pas vous inquiéter. J'avais besoin de ce temps pour retrouver la paix. Ne me demandez pas de vous raconter. Je ne peux pas. Et rien de grave n'est arrivé. J'ai juste pris quelques heures pour voir mon père. Je ne vous en dirai pas davantage.

Que lui répondre ? Si j'en croyais ce qu'elle avait écrit sur sa fiche, elle semblait être sans père ou du moins sans père déclaré. Fille d'une artiste qui signait ses toiles du nom que portait Séréna mais dont on pouvait penser qu'il était le sien. J'étais bouleversée. Je savais que j'aurais dû parler de cette situation à mes collègues. Qu'elle était dangereuse voire explosive. Pourtant je ne l'ai pas fait.

Je ne crois pas avoir voulu seulement protéger Séréna la fugueuse, rentrée à l'heure comme une Cendrillon sans pantoufle de vair, sans carrosse-citrouille et sans prince charmant. Je crois que, être seule dans le secret d'une élève difficile qui donnait du fil à retordre à tous ses professeurs, me flattait plus que je ne saurais le dire. Je n'étais sans doute pas le meilleur prof du lycée, mais j'étais une femme qui rassurait et assumait, en qui on pouvait avoir confiance.

Le trajet du retour m'a semblé interminable car le silence s'est installé entre Séréna et moi. Elle n'a pas tardé à sombrer dans le sommeil, la nuit blanche l'avait sûrement épuisée. J'étais aussi très fatiguée pour des raisons semblables mais je ne parvenais pas à fermer l'œil, trop excitée par la brève confession de cette gamine bizarre.

Les idées tournaient en rond dans ma tête. Je devrais dire les fantômes. Qui pouvait bien être ce père sorti d'on ne sait quelle histoire d'abandon ou de séparation ? Était-il un diplomate belge ? Si elle savait que nous avions passé la nuit à l'attendre et à la chercher, il fallait sans doute qu'elle nous ait aperçus devant l'ambassade. Si elle s'était rendue dans un autre lieu de Madrid, elle n'aurait pas pu deviner que, inquiets, nous avions fait le pied de grue devant ladite ambassade.

Lorsqu'elle était arrivée en cours d'année à Montpellier, elle avait dit venir d'Égypte, d'Alexandrie. Et dans une des rares dissertations qu'elle avait rendue, sur le thème « vos ailleurs », elle avait décrit sa ville avec une justesse et une élégance qui m'avaient surprise de la part d'une aussi jeune fille. Elle semblait habitée par ce lieu. Mais plus tard, lorsque j'avais vu l'exposition de sa mère où aucune de ses œuvres ne faisait allusion ou référence à Alexandrie, je m'étais interrogée sur le lien réel que les deux femmes pouvaient entretenir avec l'Égypte. Les titres des tableaux évoquaient des voyages et des paysages d'Italie, d'Islande, du Maroc, de Bruges. Mais je n'avais pas cherché plus loin. Cette fille était à la fois fascinante et insupportable. Et sûrement pas la meilleure élève de sa classe. Argument minable !

Et cette nuit, soudain, le doute qui m'avait effleurée me gagnait, alors que la nature derrière les vitres s'était effacée, engloutie dans une nuit obscure, tandis que le car avançait comme à travers un tunnel que creuseraient ses phares. Le silence, comme la nuit, était tombé sur les élèves et les professeurs du voyage scolaire.

J'ai sans doute un peu dormi, bercée par le mouvement souple du véhicule, et je suis presque sûre d'avoir rêvé d'Alexandrie alors que je cherchais ces phrases de Séréna décrivant la ville dont, dans mon demi-sommeil, je ne parvenais pas à retrouver la musique et le charme. La ville, les mots, tout m'échappait. Je me suis réveillée avec le sentiment de n'avoir rien vu venir, rien vu tout court. De m'être laissée duper. Cette fille me menait en bateau.

C'est exactement ce que j'ai pensé au contact de Thérèse quelques années plus tard. Cette femme me mène en bateau. Sans pour autant prendre la mesure des mensonges que je soupçonnais. Sans pour autant pouvoir en percevoir la preuve. À l'inverse de Séréna, Thérèse était charmante, joyeuse, très souriante. À la fois vraie et fausse. Touchante assurément, comme l'avait été Séréna, et en un sens de la même manière. On sentait chez Thérèse une sorte de flottement, comme si elle ne collait pas tout à fait à la vie, comme si elle se tenait à une certaine distance des êtres et des choses, protégée dans une bulle transparente qui la mettait en valeur mais empêchait quiconque de l'approcher. Séréna s'auréolait de ce même vide pour échapper. Je crois que c'est ce vide-là, plus encore que la ressemblance entre les deux femmes, l'une gamine, l'autre jeune femme, qui m'avait permis de la reconnaître tout de suite, sans l'ombre d'un doute et malgré ses dénégations. Je savais que Thérèse était Séréna quoi qu'elle en dise. Tout comme je savais que Thérèse s'était inscrite à mon atelier d'écriture parce que c'était moi et qu'elle souhaitait me retrouver. Ce que j'ignorais, c'était la raison profonde, ou perverse, ou les deux, qui l'avait conduite à me revoir en me refusant tout signe de reconnaissance.

Thérèse s'était présentée comme une jeune femme française, née en France, sans profession réelle ni problèmes financiers. Était-elle mariée à un homme riche ? Avait-elle fait un héritage ? Avait-elle un amant généreux ? Je ne lui ai posé aucune de ces questions, et rien dans ce qu'elle écrivait lors de nos séances, ou des échanges informels avec les autres membres de l'atelier, ne me permettait d'esquisser la moindre biographie de cette élégante qui s'était très vite liée à deux ou trois femmes tout aussi bourgeoises et argentées qu'elle. Je les voyais quitter la salle ensemble ou arriver ensemble après une pause-café au bar du coin.

Si les ateliers d'écriture américains sont, dit-on, des pépinières d'écrivains, en France, ce sont des lieux qui n'ont pas pour vocation de formater de futurs auteurs. La plupart des inscrits – c'est là où le masculin très minoritaire, un homme pour six femmes en moyenne, apparaît aussi injuste que mensonger – viennent y perfectionner leur rapport aux mots et à la littérature. Peu ont l'ambition d'aller jusqu'au bout, jusqu'à la publication. On vient y renouer avec une certaine maîtrise du langage, y rencontrer des gens d'un certain milieu, de la même manière que les cours de peinture accueillent des amoureux de l'art qui souhaitent y apprendre à utiliser la technique.

J'aime l'idée que mes élèves d'atelier se réconcilient avec la langue et avec eux-mêmes en suivant mon enseignement.

Est-ce cela que Thérèse cherchait à obtenir en s'inscrivant chez moi ? Je n'en ai jamais été persuadée. Il m'a d'abord semblé qu'elle avait voulu me provoquer et se rapprocher de moi, non par sympathie, mais pour observer comment je pouvais à présent la regarder évoluer à l'aune de ma propre vie et des souvenirs mitigés que je gardais de cette gamine qui s'appelait Séréna. En un sens, elle me testait.

5

Le voyage à Madrid et le passage bref et sans histoire par Barcelone m'avaient laissé une étrange impression. Je ne parvenais pas à dépasser le mal-être de cette révélation de mon élève qui aurait fugué pour passer quelques heures avec son père à l'ambassade de Belgique. Cela me semblait fou et incertain. Assurément romanesque. Est-ce l'évocation de l'ambassade qui m'a conduite à repenser à Alexandrie, ville natale déclarée de Séréna ? Après tout, elle pouvait écrire et raconter n'importe quoi. Je n'avais que sa parole. La proviseur du lycée était la seule à connaître l'identité réelle des élèves car elle avait accès à leur dossier. J'aurais pu demander à le consulter, mais je ne souhaitais pas livrer les raisons de ma curiosité à ma hiérarchie.

Puis m'est revenue en mémoire cette dissertation à faire chez soi, que j'avais donnée sur le thème « vos ailleurs ». J'avais pour habitude de prendre des notes en lisant les copies afin de faire une correction générale et documentée à la classe.

J'ai très vite retrouvé le dossier « vos ailleurs ». Pour

Séréna Herbiu, 15/20, j'avais juste noté quelques phrases qui m'avaient accrochée. Ailleurs choisi : Alexandrie. Suivait une citation de son texte :

> Qui est-elle cette ville d'où je viens ? Que contient et résume ce mot : Alexandrie ? Quand je ferme les yeux, je vois un millier de rues où tourbillonne la poussière.
>
> Je revois le piétinement des silhouettes blanches aux abords de la gare. Les pâles rayons de soleil qui s'allongent et éclaboussent les longues courbes de l'Esplanade et les pigeons qui se pressent sur les minarets pour baigner leurs ailes aux derniers éclats du couchant.

Le reste du texte m'avait paru plus banal, mais là, j'avais senti quelque chose de fort et de troublant sans parvenir à l'analyser.

> La ville sort lentement de sa coquille comme une vieille tortue...

À les relire, après les péripéties de ce voyage, je me suis posé des questions qui ne m'avaient pas effleurée jusqu'alors. Cette fille avait-elle un sacré talent ? Sa mère l'avait-elle aidée à écrire ce texte sur Alexandrie ? Puis ce déclic : fallait-il que je sois naïve pour ne pas avoir deviné que ces quelques lignes pouvaient être tirées du *Quatuor d'Alexandrie*, le chef-d'œuvre de Lawrence Durrell. Il faut dire qu'à l'époque la littérature étrangère ne figurait pas au programme des études de lettres. Et je n'avais lu de Durrell que quelques fragments pris dans des anthologies.

Je me suis précipitée en librairie et j'ai acheté les quatre volumes du *Quatuor*. Il m'a été facile de retrouver, presque à l'identique, dans les premières pages du volume 1 titré *Justine*, cette évocation de la ville dont Séréna se disait être native.

Cette gamine révoltée, élève fantasque et sombre, connaissait assez ce texte pour y piocher de-ci de-là quelques phrases et se les attribuer.

Avait-elle ri de mon ignorance, avait-elle été soulagée ou déçue de récolter une bonne note dont seul Durrell était redevable ?

J'ai longtemps regretté mon inculture d'alors, certaine que ce plagiat, qui m'avait sans doute fait passer pour ignare à ses yeux, était un pont jeté entre sa vraie vie, celle qu'elle ne pouvait pas raconter, et moi, à qui elle avait tenté de se confier. Peut-être n'était-elle jamais allée à Alexandrie, peut-être était-elle née en Égypte par hasard, peut-être sa biographie avouée était-elle tout à fait fausse, il n'en demeurait pas moins vrai qu'elle avait lu au moins le premier volume du *Quatuor*, et que ce livre avait pour elle assez d'importance pour qu'elle ait eu envie de s'y glisser et de se l'attribuer.

Plus tard, alors que Séréna était sortie de ma vie et que, après cette année de stage, j'enseignais depuis un certain temps au lycée d'Uzès, j'ai appris que Durrell avait vécu tout près de là, à Sommières, jusqu'à sa mort en 1990. Le sachant, aurais-je osé aller frapper à sa porte ? J'en doute. M'est revenue l'image de Séréna, son air à la fois sévère et intense. Il m'a semblé tout à fait possible que ce père, qu'elle avait prétendu voir secrètement à Madrid, ait été un confrère diplomate de l'écrivain et que c'était par lui, ce géniteur fantôme, qu'elle avait eu accès au *Quatuor* et pourquoi pas, encore enfant, à son auteur. Et cela m'a bouleversée.

Mais je brûle les étapes, j'évoque tous les temps à la fois, comme pour éluder l'essentiel, ou du moins le différer. Courir vers la fin de l'histoire et ne cesser de s'en éloigner par toutes les voies possibles.

J'en reviens donc à cette première année d'enseignement, à mes vingt-deux ans innocents. À Séréna.

Le voyage en Espagne avait modifié les rapports entre élèves mais aussi entre élèves et professeurs. Une forme de complicité s'était nouée dans le groupe des hispanistes qui débordait largement celui des classes établies. Il y avait en gros ceux qui avaient fait partie du voyage et les autres qui soudain se trouvaient marginalisés. Les germanistes, entre autres, nombreux dans ma classe de français, avaient fini par me dire qu'ils se sentaient exclus de cette connivence si palpable dans nos discussions. Et j'avais dû mettre un bémol aux allusions nombreuses à nos aventures ibériques.

Séréna était presque la seule à ne pas entrer dans ce jeu du « je me souviens » auquel se livraient volontiers ses camarades. Elle ne se souvenait de rien, en tout cas de rien d'avouable, de partageable.

Je la voyais en revanche s'enfoncer dans un mutisme

obscur, une sorte d'absence à laquelle je n'ai pas voulu m'intéresser. Cette fille était bien trop compliquée. Je souhaitais ne m'occuper que de mes cours, de les dispenser au mieux et de vivre ma vie qui, par ailleurs, s'était enrichie d'une amitié amoureuse dont je ne savais pas si elle pencherait côté ami ou côté amour. J'aimais assez ces relations funambules, qui laissent place à la rêverie, à l'imagination et, chose primordiale, à la liberté. Je les savais fragiles, éphémères, intenses, donc délicieuses.

Je n'ai pas senti le moment où d'absente revêche Séréna basculait vers absente désespérée. Elle donnait le change côté travail, elle avait rattrapé tous ses retards, rendait ses dissertations à l'heure, avait toujours lu le texte qu'elle devrait présenter au programme de l'oral de son bac français, imaginant les bonnes questions auxquelles elle devrait répondre. Elle témoignait d'une maturité intellectuelle qui dans ma discipline la plaçait désormais au premier rang.

Il semblait que les mathématiques et les sciences n'avaient pas pour elle le même intérêt. Mes collègues soulignant en rouge son mépris pour leurs matières. Mépris, le terme était fort, avais-je fait remarquer en conseil de classe, mais il avait été maintenu sans l'ombre d'une indulgence. Cette fille croyait que le bac était un examen à la carte, elle allait voir ce qu'elle allait voir. Et comment la défendre dans ce contexte ? J'avais essayé en vain de la motiver, de l'inviter à faire un effort. Elle avait haussé les épaules et quitté la classe sans le moindre commentaire. Elle avait juste déposé sur mon bureau la dissertation sur la lecture qu'elle était parmi les premières à me rendre.

Pour inviter ces jeunes gens si peu lecteurs, je leur avais proposé de commenter une phrase de l'essayiste américain Logan Pearsall Smith citée par Valery Larbaud :

« [...] Je pensai à la Lecture, au fin et subtil bonheur de la Lecture. C'était assez, cette joie que les Ans peuvent émousser, ce vice raffiné et impuni, cette égoïste et durable ivresse. »

Sujet bateau, mais une manière assez simple d'aborder la question du plaisir dans la lecture, du plaisir de lire. Enseigne-t-on le plaisir ? C'est le savoir que nous sommes censés apprendre aux élèves.

Je m'attendais à des dissertations sans véritable réflexion ni grâce. Je fus servie. Le texte de Séréna tranchait sur l'ensemble. Il était écrit. Avec de drôles d'accents, une rhétorique qui me sembla à la fois familière et étrangère. Je n'eus pas le temps d'approfondir la question. Séréna n'est plus revenue au lycée après avoir déposé sa dissertation sur mon bureau.

Nous l'avons d'abord crue malade, mais au bout de quinze jours d'absence non motivée la proviseur a appelé sa mère. Une femme qui n'était pas Mme Herbiu avait répondu. Séréna avait fait une tentative de suicide qui avait entraîné son hospitalisation en urgence. À sa sortie, sa mère l'avait accompagnée à Paris où elle serait soignée dans une maison de repos pour dépression grave. Son retour au lycée n'était pas prévu avant longtemps, si toutefois elle y revenait. Nous pourrions nous entretenir avec Mme Herbiu dès qu'elle aurait rejoint Montpellier. Pas de date pour l'instant. Elle restait au chevet de sa fille.

« Nous avons tous été aveugles, a conclu la proviseur qui avait réuni les enseignants de Séréna pour leur faire part de la situation, mais je ne peux pas croire que nous soyons responsables de ce désarroi profond qui l'a conduite à avaler des somnifères en quantité dangereuse. Et ce, même si cette tentative de suicide est survenue le lendemain du conseil de classe et des avis sévères qu'elle y a recueillis. On n'attente pas à ses jours pour une moyenne de 9/20. »

Aucun de nous n'a répondu. J'étais celle chez qui elle recevait les meilleures notes et je n'aurais pas dû me sentir concernée par le discours de notre proviseur. Nous n'étions certes pas responsables mais nous n'avions rien vu. Rien voulu voir, sans doute.

Je suis rentrée chez moi, secouée et mal à l'aise, et j'ai repris cette dernière copie posée sur mon bureau, corrigée, bien notée, que j'avais lue en prof pour le style et la forme, sans chercher au-delà des mots le sens caché, le mal-être, peut-être l'appel au secours silencieux.

Mais ce que j'ai trouvé au cours de cette nouvelle lecture ne m'éclairait pas davantage sur l'état psychique de Séréna. En revanche m'est apparu telle une évidence qu'une fois encore elle avait pioché dans la littérature des phrases qu'elle s'était appropriées. Comme si les textes des grands écrivains exprimaient au plus juste ses propres sentiments. Elle y trouvait exactement ce qu'elle avait à dire, ce qu'elle ressentait.

Ainsi, au milieu de paragraphes plus banals qui introduisaient ses réflexions sur le plaisir et la lecture, elle écrivait :

> Je m'ennuyai de tout. Cela me rendit le goût de la lecture que j'avais perdu depuis longtemps. Lire au lieu

de travailler fut un plaisir plus grand encore, une sorte de nouveau crime qui pouvait m'attirer de nouveaux châtiments, mais qu'importe? Ce goût amplifié par la contrainte – se cacher pour échapper – devint passion, bientôt fureur.

Je ne choisissais pas, je lisais tout avec une égale avidité. Mes professeurs me punissaient, me prenaient mes livres. Mais mon cœur me battait d'impatience de feuilleter le nouveau livre que j'avais dans la poche. Était-ce un vice? Un crime? Ou seulement un plaisir solitaire sans cesse renouvelé?

Suivait un développement plus attendu sur la lecture compagne de vie, la lecture mille vies, le livre que le lecteur éveille comme une Belle au bois dormant... Et se terminait sur le malheur de lire des romans chez le Flaubert de *Madame Bovary*. Mention qui se rapprochait le plus de cette tentative de suicide qu'elle ferait quelques jours après avoir rédigé ce texte.

Ce sont cependant les quelques lignes que je viens de citer qui ont arrêté mon attention. On y lisait certes une sorte de fièvre, de malaise. Les mots châtiment, fureur, avidité, crime... Et plus je les lisais, plus j'avais l'impression de les avoir déjà lus sous une autre signature que la sienne.

Cette écriture fiévreuse, excessive, qui correspondait bien au caractère de Séréna, était la signature d'un écrivain. J'avoue avoir fouillé dans ma bibliothèque, feuilleté certains volumes. Et trouvé : *Les Confessions* de Jean-Jacques Rousseau. Elle avait pompé et aménagé à sa manière de courts fragments des *Confessions*. Et là, rien à voir avec son père, la diplomatie ou une éventuelle rencontre avec l'auteur. Là, c'était une forme de plagiat. Et pourtant je sentais combien les phrases choisies collaient à sa propre angoisse, son mal de vivre, sa solitude. Jean-Jacques avait écrit ce qu'elle éprouvait. Il était sincère pour elle.

Même si elle n'avait pas fait de tentative de suicide, je n'aurais pas changé ma note. Son texte sonnait juste. Mais je me suis inquiétée davantage encore. Qui était cette fille qui habillait ses pensées avec celles des autres ? Qui trouvait chez les grands auteurs la résonance juste à sa propre vie. Qu'y avait-il de vrai en elle ? Son suicide peut-être. Ou peut-être pas. Elle était vivante, et loin. J'ai espéré plus que pensé ne plus jamais la revoir.

Les vacances de Pâques qui commençaient dix jours après notre voyage scolaire m'ont permis de m'éloigner des soucis de ce métier dont je découvrais les contraintes. J'ai compris assez vite que le professorat sous cette forme ne pourrait ni me satisfaire, ni remplir ma vie.

Les deux semaines de farniente assorties d'un court voyage à Paris et de quelques visites familiales ont filé à vive allure. Et je me suis retrouvée dans ma classe à peine reposée.

Les quatorze années suivantes de ma servitude scolaire sont pleines d'anecdotes et sans histoire. J'ai apprécié le contact avec les élèves. Pas tous. Pas tous les jours. Mais j'ai appris avec eux, outre les difficultés de ce métier, une certaine épaisseur de vie. Choisir de quitter l'école pour la littérature relevait d'un égoïsme affirmé et d'un désir de confort. Et revenir plus tard à l'enseignement de l'écriture, sur le mode moins contraignant des ateliers, comblait à la fois mon désir de partage, mon goût littéraire et ma frilosité sociale.

Y retrouver Séréna était une surprise, et, pourquoi pas, un clin d'œil du destin.

6

Dire que j'ai chassé Séréna de mon esprit dès sa disparition du lycée et au cours des années suivantes serait un mensonge. Longtemps j'ai imaginé, redouté, espéré peut-être, l'espoir est si près de la crainte, espéré la voir arriver dans ma classe, comme la première fois, faisant irruption en cours d'année et bouleversant le fragile équilibre de mon enseignement. J'avais beau me dire que cette crainte était absurde, le temps passant il était impossible que cette jeune fille que j'avais quittée en première réapparût des années plus tard en terminale dans un établissement sans lien avec le lieu de résidence de sa mère. Je guettais toujours l'annonce de nouveaux venus avec appréhension.

Il semblait que Mme Herbiu soit partie de Montpellier. Je suis parfois passé devant la maison qu'elle occupait avec son amie et sur la boîte aux lettres, son nom avait disparu au profit de celui d'un couple au patronyme espagnol ou portugais. Dans la galerie qui l'avait exposée, je n'ai jamais revu d'autres œuvres de sa composition.

Il m'est arrivé de rêver de Séréna. Je revoyais sa bouille

enfantine, ses yeux féroces et clairs, ses boucles rousses en désordre et cet air arrogant qui semblait toujours défier l'interlocuteur quel qu'il soit.

J'ai rêvé d'elle perdue, sombrant dans une mer d'un bleu étrange et sombre, et je ne bougeais pas pour la sauver, me répétant que ce n'était pas grave puisqu'elle était à Alexandrie.

Quelle que soit la situation dans laquelle je la voyais, elle ne m'inspirait jamais d'autre sentiment qu'une forme d'appréhension lorsqu'elle était active et conquérante ou de soulagement lorsqu'elle disparaissait comme dans mon rêve récurrent d'Alexandrie. Dans le fond, elle était une image du diable, une sorte de sorcière, la *hija del diablo*, avaient dit les gamins espagnols. Un vampire qui se nourrissait des livres des autres, qui les dévorait et les recrachait. Combien de nuits l'ai-je vue en rêve, tel Saturne dévorant son fils, ce tableau de Goya que nous avions regardé ensemble au musée du Prado à Madrid ? Elle se tenait debout, les yeux exorbités, portant à sa bouche terrible un livre qui sous ses dents se mettait à saigner.

Au fil des ans les cauchemars se sont estompés. Ils ne m'empêchaient plus de me rendormir. Je les avais comme domptés. Ils appartenaient à une époque dont je me détachais peu à peu, comme je me détachais aussi des charmes de ce métier de professeur dans lequel je me sentais vieillir deux fois plus vite que de raison, moi ayant chaque année un an de plus et, eux, mes élèves, toujours le même âge. Cela devait s'appeler l'usure. Et, quand on m'a proposé d'animer un atelier qui accueillerait des adultes désireux de se former à l'écriture, il m'a semblé que je ne trahissais rien de mes premières amours : j'allais continuer à enseigner, mais d'une autre manière, dans un rapport plus fort à la littérature et dépourvu des contraintes de la discipline scolaire et de la confrontation à des générations dont la culture s'éloignait de plus en plus de la mienne. Et réciproquement.

Je n'ai pas reçu plus de formation pour ce travail d'écriture que je n'en avais eu pour apprendre à enseigner. Les deux types d'apprentissage s'inspirant de celui des bébés nageurs. La règle commune : on les jette à l'eau et ils flottent. Pas sûr que ce soit plus simple pour les bébés que pour les professeurs. Les deux se heurtant à la rencontre brutale du réel. Ça passe ou ça casse, dit la vox populi. Pour moi, c'est passé.

Contrairement à l'école publique, au lycée, les inscrits aux ateliers que j'ai si longtemps animés sont là volontairement et, pensent-ils, pour y apprendre dans le plaisir un certain art d'écrire.

C'est étrange ce rapport qu'on peut entretenir avec l'écriture. Enfant, je rêvais de composer des poèmes comme ceux de ma meilleure amie. Ils me paraissaient indépassables, d'une beauté parfaite, presque aussi beaux que ceux des « vieux écrivains » que nous étudiions en classe et qu'il fallait apprendre par cœur. Et il me semblait que cet apprentissage, et surtout la récitation laborieuse qui suivait, en ternissait la poésie, que nos voix maladroites, hésitantes leur infligeaient une sorte de blessure. Elles faisaient perdre leur éclat et surtout leur musique à ces textes que je redécouvrirais bien plus tard et qui ont scellé ma vocation littéraire.

Les écrits de ma meilleure amie, qu'elle me livrait en secret, gardaient, eux, toute leur fraîcheur. Je ne sais plus de quoi ils parlaient vraiment, d'amour sans doute, de ce que nous pensions être l'amour à dix ans, de fleurs, de roses surtout. Aucune voix ne les maltraitait. Nous les lisions avec les yeux et ils m'envoûtaient. Ce qui eut pour conséquence de ne jamais oser en écrire à mon tour.

Contrairement à sa première apparition en milieu d'année, Séréna-Thérèse était là dès le premier jour de mon atelier. Je lui ai adressé un sourire de connivence auquel elle n'a pas répondu, sans toutefois montrer la moindre hostilité. Elle avait l'air de ne pas comprendre mon regard appuyé et complice. Je l'ai trouvée à la fois identique à elle-même – boucles rousses et yeux de glace – et différente : il n'y avait plus rien de la jeune fille rebelle dans sa silhouette élégante et sa coiffure savamment décoiffée. Et je me suis sentie dépitée. Cette gamine m'obsédait-elle au point que vingt ans après notre dernière rencontre je croyais la retrouver dans la peau de la première rousse venue ?

J'ai demandé à chacun des dix inscrits – sept femmes et trois hommes – de se présenter et de me dire en quelques mots ce qu'ils attendaient de cet atelier.

Comment peut-on être sûre de reconnaître quelqu'un qui, sans le moindre cillement, vous regarde droit dans les yeux et vous dit qu'elle n'est pas cette personne dont vous lui attribuez l'identité, elle n'a jamais vécu dans la ville dont vous parlez, elle n'est pas née dans ce pays lointain que vous évoquez, elle ne vous a jamais vue avant, elle le regrette, mais elle est ravie de faire votre connaissance ?

Tout cela énoncé sans le moindre trouble, avec cette clarté du regard fiché dans le vôtre où elle peut lire à livre ouvert vos émotions, doutes, ahurissements. Vous ne pouvez pas croire ce qu'elle vous raconte. Vous pensez « raconte » et non pas « dit ». Raconte en insistant sur conte. Conte, histoire, fable, etc., tous les mots du vocabulaire de la fiction défilent dans votre tête. Et vous arrivez au mot mensonge sans oser le formuler, pourtant vous êtes certaine que cette femme ment. Elle vous sourit, vous apaise de son sourire et de sa voix grave – vous pensez : la voix de Séréna –, mais elle vous le répète, elle n'est pas cette Séréna. Juste Thérèse. Et elle se permet d'ajouter le plus naturellement qui soit :

— Fallait-il que cette Séréna d'Égypte vous ait marquée. D'une certaine manière, elle a de la chance. Ne soyez pas déçue si je ne suis que Thérèse, Thérèse de France.

Donc Thérèse ! Et je reste là un peu sonnée, me parlant à moi-même, m'exhortant à passer à autre chose. C'est ainsi, ma chère, vous n'avez pas le droit de creuser au-delà. Le temps de l'atelier est compté et ils sont neuf autres à attendre que vous repreniez pied, que vous les regardiez, chacun son tour.

J'apprendrai au fil des ans et des groupes qu'on peut discerner très vite la typologie des élèves. Il y a les jeunes femmes issues de la bourgeoisie, bien mariées et donc sans problèmes matériels qui s'inscrivent à un atelier d'écriture comme elles pourraient le faire à l'École du Louvre ou dans un cours de sculpture. Une certaine curiosité assortie de dilettantisme, un charme affirmé et un contact léger mais agréable. Toujours prêtes à répondre à la demande, à finir le texte proposé, à raconter une histoire en faisant varier le narrateur, le temps des verbes et le sens du récit.

Moins nombreux sont celles et ceux qui viennent chercher dans l'atelier une manière élégante d'expression qui va les conforter ou les booster dans leurs projets personnels : savoir rédiger un texte court, concis. Écrire une publicité voire un mode d'emploi. J'ai eu dans mes classes plusieurs hommes jeunes, la quarantaine, désireux de changer de métier. Ils se destinaient, qui à la publicité, qui à un travail de présentation de produits dans un laboratoire pharmaceutique, et s'appliquaient comme les bons élèves qu'ils étaient pour « parvenir au top de la formulation ».

On trouve aussi, plutôt rares, des romantiques, un peu vieux jeu, qui pensent que l'écriture va les délivrer de leur solitude, les aider à trouver si ce n'est l'âme sœur du moins une personne à séduire.

Les autres, les moins nombreux, sont de simples et grands amoureux de littérature qui tentent de s'en approcher pour le plaisir ou dans le but de mettre en mots et en forme les romans qui trottent dans leur tête.

J'ai mis un certain temps à trouver dans quelle catégorie caser Thérèse. En réalité je l'ai imaginée partout et nulle part. J'ai même pensé qu'elle était là pour me défier, me déstabiliser. Puis comme rien ne se passait, qu'elle campait sur sa position et son identité, j'ai fini par laisser Séréna dans ma mémoire et j'ai considéré Thérèse comme seule interlocutrice. Après tout si c'était ce qu'elle souhaitait...

Et nous nous sommes embarqués ensemble pour six séances de six heures.

Je n'étais plus une débutante en la matière quand Thérèse s'est inscrite. J'avais déjà plusieurs années d'expérience et je dois dire que j'abordais les sessions qui m'étaient confiées avec une certaine sérénité.

En marge des ateliers « chics » payants, j'avais aussi accepté de faire travailler des détenus de la prison de X sur la lecture et l'écriture. J'avais été surprise lorsqu'on m'avait fait cette proposition. « On » étant une responsable de l'éducation en centre de détention, une amie d'amie qui connaissait mon engagement dans les ateliers.

L'enfermement carcéral, l'idée de pénétrer dans ces lieux clos, durs, punitifs m'avait d'abord effrayée. Mais le confort de ma vie personnelle confronté à l'âpreté des situations des détenus m'avait fait un peu honte. Je n'étais qu'une bourgeoise effrayée qui prêchait la bonne parole littéraire sans jamais se mettre en danger. La preuve, j'avais même quitté l'enseignement en collège et lycée réputé désormais difficile. Que devait être celui dispensé à des hommes sans liberté ?

J'ai réfléchi à cette proposition une longue semaine, et la veille de donner ma réponse qui serait non, j'ai passé une nuit affreuse, agitée de cauchemars. Impossible de me souvenir de mes rêves. Seule subsistait au matin l'impression d'étouffer, de ne plus pouvoir respirer. Quand j'ai pris l'appel de la proviseur du centre de détention, sa voix ferme, tout en point d'interrogation, m'a demandé : « Pouvons-nous compter sur votre collaboration ? » Je me suis entendue répondre un « oui », pas même timide. Un « oui » assuré. Comme si une autre personne en moi avait pris la parole et je l'écoutais, à la fois surprise et soulagée. Elle avait décidé à ma place et j'étais heureuse de ne pas avoir eu à ajouter ma propre voix au chapitre.

Plus tard, je me suis souvenu de ce curieux moment de dédoublement, et j'ai pensé que c'était peut-être cela que ressentait Thérèse lorsqu'elle refusait d'entendre en elle la voix de Séréna qui parfois, pourtant, dominait la sienne. Mais c'est une autre histoire sur laquelle je reviendrai.

7

Une fois bouclées les séances d'une session d'atelier, les participants retournent à leur quotidien. Nous n'avons pas eu le temps de trop nous attacher, de trop nous connaître. En réalité, les écrits nous en disent beaucoup sur eux, mais leurs révélations parfois surprenantes ou émouvantes sont vite recouvertes par d'autres lectures d'exercices du groupe suivant. Tout va très vite contrairement au temps lent des collèges et des lycées où, même en dehors des heures de cours, on croise les élèves dans l'établissement, le quartier et les commerces environnants.

J'aurais dû ne pas revoir Thérèse après son passage dans mon atelier. Et lorsque nous nous sommes quittées, j'ai pensé qu'une fois encore elle allait disparaître, me laissant sans réponse aux mille questions que j'aurais souhaité lui poser. J'avais appris au fil des discussions collectives et des exercices rédigés qu'elle vivait avec un sculpteur italien dont le nom ne m'évoquait rien et n'apparaissait pas dans le gotha artistique. Vu son train de vie, on pouvait penser que l'absence de notoriété de son compagnon s'accompagnait d'une solide fortune. Pourquoi n'ai-je pas imaginé que c'était elle qui possédait ladite fortune ? Peut-être parce qu'il y avait en elle une forme de simplicité, de spontanéité, qui me semblait incompatible avec une certaine opulence. Mais sans doute étais-je bien rêveuse voire naïve. La vie m'apprendrait que les catégories sociales ne sont pas aussi schématiques et lisibles. Peut-être – surtout ? – parce que, malgré ses dénégations, je n'ai jamais pu penser qu'elle n'était pas cette Séréna de ma première année d'enseignante.

Thérèse avait invité tous les inscrits de l'atelier à boire un verre de l'amitié « avant que chacun ne retrouve sa vie ordinaire ». C'est ainsi qu'elle l'a formulé. Et comme il nous restait encore une heure avant la fin des rencontres, j'ai suggéré que chacun tente de décrire et de définir en une page ce qu'était pour elle ou pour lui « la vie ordinaire ». Les textes me seraient remis avant que tout le monde ne s'égaille, et j'enverrais un retour de lecture sur ce dernier exercice. Ma suggestion a été chaleureusement applaudie. Et ils ont tous plongé le nez sur leur page.

Je n'avais pas prévu de leur proposer ce travail de fin de stage. En général, je me contente de reprendre les différentes orientations d'écriture que nous avons explorées et de laisser les intervenants s'exprimer sur ce qui semblait leur ouvrir des perspectives ou sur ce qui les avait fait buter.

Je les ai regardés plancher sur ce sujet, me demandant jusqu'où ils pourraient aller dans leur analyse, leur exploration du thème. La vie ordinaire est un piège. Il n'y a pas une vie ordinaire, mais des vies ordinaires, me suis-je d'abord dit. L'ordinaire est à voir d'un point de vue qui varie selon l'âge, les ressources, les peines, les joies, le pays, l'identité... Je me suis interrogé sur ce qu'était pour moi la vie ordinaire. Qu'aurais-je écrit sur ce sujet ? Aurais-je été sincère ? Aurais-je voulu me hausser en sublimant ce terme « ordinaire » qui resterait à définir ? J'ai rêvassé ainsi une bonne demi-heure sans trouver de réelle réponse à mes interrogations, et sans aborder le sujet de front.

J'ai relevé les copies que j'ai rangées dans mon grand sac de cours et suivi le groupe jusqu'au bistrot voisin où nous attendait Thérèse. Elle avait commandé du champagne et nous avons éclusé quelques bouteilles en discutant. En réalité j'ai peu participé aux bavardages joyeux. J'ai écouté avec plaisir, et comme toujours une certaine gêne, les compliments qui m'étaient adressés. L'atelier avait bien roulé. « Pourra-t-on se retrouver pour une prochaine session ? » La question m'a été posée à plusieurs reprises. Et comme toujours, j'ai botté en touche, comme si la perspective d'une suite immédiate à nos rencontres m'effrayait ou m'étouffait. J'ai dit : « C'est bien plus intéressant de se réinscrire pour une nouvelle session après un certain temps, six mois minimum, il faut laisser incuber les notions acquises et ausculter son désir d'écriture. » Ce qui n'empêchait personne de poursuivre l'écriture en solitaire. Écrire à l'épreuve de la page blanche et de personne d'autre que soi. La formule m'a semblé un peu prétentieuse mais elle a été accueillie chaleureusement.

J'ai quitté le bistrot la première, fatiguée par l'intensité des séances et happée par l'envie de solitude qui accompagne tous mes moments de grand partage. La solitude, me suis-je dit ce soir-là, c'est le silence dans lequel la musique s'inscrit, les blancs où poser l'écriture. C'est ma respiration profonde.

Et j'ai marché jusque chez moi où, ce soir-là, personne ne m'attendait.

J'aurais dû laisser mon paquet de copies dans le sac et me préparer un dîner même succinct. Boire une petite coupe de champagne sans avoir mangé quoi que ce soit, pas même une cacahouète trop grasse ou une chips que je n'aime pas, ne me réussit jamais. Au lieu de quoi j'ai piqué une poignée d'amandes grillées qui traînaient sur la table et je me suis plongée dans les récits de leur vie ordinaire. Je me suis interdit de chercher en priorité celui de Thérèse. Je n'allais pas continuer à m'accrocher à cette histoire de double qui ne menait à rien. J'ai souri à la notion d'ordinaire selon certains des auteurs. Oui, illustration de mes pensées, nous n'avons pas tous la même définition de l'ordinaire. La plupart des textes évoquaient l'ennui du quotidien, sa pauvreté. Une vie qu'ils décrivaient sans l'habiter, comme une pure fiction, un placage de mots sur leur réel au premier degré. Sans doute leur vrai ordinaire était-il une quête permanente d'activités intellectuelles, sportives, amicales, amoureuses, ou du moins tendaient-ils vers ce mouvement perpétuel qui leur permettait d'échapper à l'ennui ou à l'idée qu'ils se faisaient de l'ennui, ce tête-à-tête avec soi-même qui est pour moi le berceau de l'imaginaire.

Certaines copies ne manquaient pas d'élégance stylistique et je voulais y lire le résultat de notre travail d'atelier. Mais les outils de l'écriture ne font pas l'écriture. Et je me heurtais une fois encore à cette supercherie de mon travail dont je refusais d'être dupe. Aider des gens à s'exprimer était mon but et il fallait que je m'y tienne, même sans avoir la moindre illusion. Parfois vous rencontriez une graine d'écrivain dans un groupe et vous saviez que ce jeune talent ne vous devait rien ou si peu. Restait juste à le conforter, l'accompagner, le protéger. Lui donner ce coup de pouce qu'est la confiance.

Thérèse n'appartenait pas à ces perles rares. Elle, c'était différent. Elle m'intéressait comme énigme, et peut-être aussi car elle s'inscrivait dans cette part débutante de ma vie professionnelle qui, d'une certaine façon, avait scellé mon avenir. J'avais le sentiment que son existence était un mensonge qu'elle se racontait et nous racontait et que, loin de faire émerger en elle une vérité enfouie, l'écriture était une manière de camouflage. J'ai pensé : elle est comme les seiches qui cachent leur fuite derrière des nuages d'encre. S'entourer de mots noirs ou bleus pour ne rien livrer de soi. Et le récit de sa vie ordinaire était, m'a-t-il semblé ce soir-là, l'illustration parfaite de cette tentative de dissimulation.

Son « ordinaire de vie » était une sorte de cadavre exquis de citations empruntées à des auteurs dont elle donnait les noms, et de périphrases de textes littéraires classiques qu'elle s'efforçait de réécrire dans une langue plus moderne et plus maladroite. Je ne les ai du reste pas tous identifiés.

J'ai reconnu un passage maquillé de Montaigne sur la lecture qui m'a fait sourire. Nous l'avions étudié en classe de première. Je devrais dire Séréna l'avait étudié avec moi en classe de première. Et il semblait bien que ce même passage avait resurgi, un peu affadi, sous la plume de Thérèse.

> Je ne cherche dans les livres que le moyen de me donner du plaisir ou de mieux me connaître. Si un livre me déplaît, j'en prends un autre et je le lis lorsque je commence à éprouver un certain ennui à ma vie ordinaire.

Le texte de Montaigne était plus élégant. N'est pas Montaigne qui veut. Elle le connaissait suffisamment pour l'évoquer, pas assez pour le restituer. Mais aurait-elle souhaité le restituer vraiment si elle l'avait su par cœur? Cependant, l'idée qu'elle ait emmagasiné dans sa mémoire ces pages simples et savantes me touchait particulièrement.

Elle se dénonçait en quelque sorte à travers ses lectures. Ou du moins levait-elle un pan de ce voile derrière lequel elle se dissimulait. Elle acceptait d'avoir les souvenirs littéraires de Séréna. C'était peut-être un commencement.

Faux espoir : je n'ai pas eu la moindre nouvelle de Thérèse pendant les semaines et les mois qui ont suivi. Je lui ai fait parvenir sa copie avec quelques remarques à l'adresse qu'elle avait donnée au secrétariat. Pas un mot sur le Montaigne déguisé. Mais à l'inverse des autres membres du groupe qui ont répondu à mes envois, elle n'a pas accusé réception de ma lettre. Même si elle a disparu moins dramatiquement que sous son prénom de Séréna, fidèle à elle-même, quelle que soit son identité, elle s'est volatilisée. En passant devant sa porte, poussée par la curiosité et une forme d'inquiétude, j'ai pu constater que son nom n'était plus sur la sonnette de l'entrée. En réalité, il n'y avait plus de nom du tout. Mais un fragment de papier blanc dans le porte-étiquettes de l'interphone témoignait de la brusquerie de l'arrachage. Désir d'effacer ses traces ? Elle avait disparu de ma vie pour la deuxième fois.

8

Sans doute aurais-je fini par oublier cette femme double et fugueuse, fille virtuelle à l'identité mouvante, subtilement plagiaire et sans nul doute menteuse si, franchissant le pas de l'enseignement de l'écriture à sa pratique, je n'avais pas été invitée au Canada pour y présenter mon deuxième roman.

N'étant pas le sujet de ce récit, et mon propos n'étant pas autobiographique, je ne m'attarderai pas sur les péripéties de ce passage à l'acte d'écrire qui a bouleversé ma vie. C'est tellement plus facile de guider les premiers pas, même maladroits, d'un apprenti écrivain que de se confronter à sa propre maladresse. Vous avez ce sentiment que tout ce que vous vouliez exprimer, dont vous étiez sûre que vous alliez pouvoir le contenir dans des mots, des phrases, une certaine musique de la langue, et non, rien ne vient. Vos mots sont creux et vos pensées évanescentes. Impression terrible de vouloir enfermer de la fumée ou de la mousse dans un bocal... Et puis, accepter les heures de travail, les commencements mis au panier, les découragements et, parfois, sans qu'on sache trop ce qui se passe, les phrases qui s'écrivent seules, que vous ne maîtrisez pas, qui semblent sortir de votre dos et se projeter devant vous ; et vous les lisez avec étonnement comme si vous n'en étiez pas l'auteur ; et vous savez pourtant qu'elles sont ce que vous cherchiez à exprimer depuis si longtemps.

Écrire et publier est un saut dans le vide. Quel que soit le succès ou l'échec, vous ne serez plus jamais la même personne. On est le père ou la mère de ses livres. On ne sait plus comment était la vie avant.

Donc un premier puis un deuxième roman m'ont conduite à courir les librairies, les bibliothèques, les festivals. Tout cela avec, souvent, un sentiment de fatigue, voire d'humiliation. Écrire c'est se retrouver en tête à tête avec soi-même, c'est être et faire. Publier se dit aussi paraître. Et le paraître, quel qu'il soit, m'a toujours semblé difficile à gérer. Les retours solitaires par le dernier train vous ramenant d'une librairie lointaine, où vous avez parlé à cœur ouvert devant un public attentif et réduit, est une épreuve à laquelle je me suis souvent confrontée.

Mon ancien statut de professeur et celui plus récent de responsable d'atelier d'écriture témoignent de mon goût pour le partage. Même s'il est plus facile de partager un savoir littéraire que les maigres « secrets » de sa propre écriture.

Une invitation à l'étranger est un cadeau, une rupture avec la routine promotionnelle. Le centre culturel français de la capitale canadienne réunissait quelques écrivains français à l'occasion de la Foire du livre d'Ottawa. Je n'ai pas hésité un instant à répondre favorablement à la sollicitation transmise par le Quai d'Orsay.

Ma surprise était à la hauteur de ma joie. Nous serions cinq Français à faire le voyage. Les quatre autres étaient des écrivains confirmés, voire des stars de la littérature. J'étais la seule quasi inconnue, ou du moins débutante. Si l'on m'avait communiqué tout de suite la liste des autres élus, je ne suis pas sûre que je me serais précipitée avec autant d'enthousiasme pour répondre un « oui » retentissant au fonctionnaire chargé de me transmettre l'invitation. Mais j'avais accepté et, comme nous n'étions pas tenus d'être tous ensemble dans le même avion, je me sentais moins intimidée à la perspective de cette promiscuité que j'appréhendais sans connaître l'identité de mes voisins.

Mon attachée de presse avait prévu une halte à Montréal pour une courte émission sur Radio-Canada. Nous prendrions ensuite une voiture pour rejoindre Ottawa.

Je n'oublierai jamais les routes enneigées, tout ce blanc que le brouillard habillait de mystère, ni le déjeuner dans une cabane à sucre qui sentait bon le sirop d'érable et cette cuisine riche et lourde de féculents et de viandes en sauce servis généreusement aux travailleurs du coin et aux rares touristes s'aventurant dans cet hiver de neige et de glace.

Le soir de mon arrivée, différée par rapport à celle des autres invités venus directement en avion après une brève escale à Montréal, nous étions tous attendus à l'ambassade de France pour un cocktail de bienvenue suivi d'un dîner plus officiel dont nous apprendrions qu'il ne pourrait pas, comme convenu, être présidé par l'ambassadeur, retenu ailleurs. Sans doute étions-nous quantité négligeable comparés aux hommes politiques canadiens conviés à la Foire.

Le cocktail réunissait toutes sortes de gens, personnel d'ambassade, invités canadiens et québécois, libraires, journalistes, diplomates étrangers. Et les cinq écrivains français dont moi. Les quatre autres se connaissaient déjà, et j'étais allée non sans un certain malaise me présenter à eux. J'étais la cinquième. Ils m'ont accueillie avec ce qu'il faut de courtoisie pour m'être agréable et d'indifférence naturelle à l'égard d'une presque inconnue.

Le champagne coulait à flots mais le décalage horaire ajouté à un trop copieux déjeuner à la cabane à sucre faisaient tanguer dangereusement mon estomac. Dans ma famille où l'on craignait la trivialité de certains mots du corps, on disait de cette situation digestive déplaisante avoir le cœur au bord des lèvres.

J'avais trouvé une place près d'une grande fenêtre donnant sur un jardin dont la blancheur défiait les ténèbres et je me distrayais au spectacle de la neige qui tombait dru.

Un des employés de l'ambassade qui m'avait accueillie à mon arrivée était venu tromper ma solitude. C'était un très jeune homme, sympathique, un planqué, m'avait-il dit en riant lorsqu'il s'était présenté. En ce temps où les garçons faisaient encore leur service militaire, avoir un petit poste dans une ambassade à l'étranger témoignait d'une confortable position sociale, d'un sérieux piston. Il avait lu mes deux livres puisque je lui avais été attribuée, autrement dit, c'était lui qui me guiderait au cours de mon séjour. Je ne l'avais pas encouragé à me complimenter ni même à commenter mes ouvrages. Et j'avais détourné la conversation vers le cinéma. Je suis cinéphile et c'était une manière de mettre à distance mon propre travail. Malgré nos différences de génération, nous avions des goûts semblables et notre discussion s'était animée agréablement.

Il serait bientôt l'heure de passer à table, vint nous avertir une sorte de majordome en queue-de-pie. Mon cicerone m'a fait traverser des couloirs et des salons jusqu'à une salle à manger au lustre impressionnant, où bavardaient non sans dépit plusieurs invités à qui l'on venait d'annoncer la défection de l'ambassadeur. Le dîner étant placé, je cherchais mon nom en bout de table, sûre que mon placement serait modeste. Il l'était moins que je ne le pensais et je me retrouvais ainsi entre deux messieurs d'un certain âge dont l'un occupait la place de l'ambassadeur absent. Mon jeune guide, lui, était en bout de table et m'adressait des signes de félicitations et des clins d'œil amusés. J'avais de la chance d'avoir hérité de lui. Il ne se prenait et ne me prenait pas au sérieux et ce statut complice me convenait parfaitement.

Le premier secrétaire d'ambassade nous avait présenté les excuses de l'ambassadeur contraint de... etc., et s'était lancé dans un bref discours d'accueil, se félicitant de notre présence et du rayonnement de la France dans cette capitale amie, également anglophone et francophone.

J'ai dû me retenir de sourire à la pensée de cette phrase d'un copain québécois parlant d'un politicien canadien qui parlait aussi mal le français que l'anglais et dont il disait qu'il avait « deux langues secondes ».

J'avoue ne pas avoir vraiment suivi les méandres d'un discours convenu et banal que les dîneurs semblaient écouter d'une oreille aussi distraite que la mienne. Mon voisin de droite dont je ne savais rien s'est penché vers moi dès la fin de l'allocution et, me tendant la main, s'est présenté dans un français de francophone. Sans doute avais-je l'air de chercher l'origine de ce léger accent qui ne sonnait pas québécois. Il a décliné son identité : « Antoine Deguelt, diplomate belge et, si je ne m'abuse, père d'une de vos anciennes élèves. »

Il m'a regardée en coin, l'air amusé. Et il a ajouté : « Non, ne vous sentez pas piégée, je me suis souvenu de votre nom, et, sur les conseils de ma fille, j'ai suivi votre entrée en littérature. Les professeurs ne se rendent pas compte de l'influence qu'ils ont sur leurs élèves. »

Je n'ai pas eu besoin de lui demander le nom de sa fille, mon élève, même si Deguelt n'a jamais été le nom de famille de Séréna ni de Thérèse. Je suis restée sans voix. Assommée par la révélation de ce voisin charmant qui me ramenait sans le savoir dans une histoire qui me poursuivait depuis des lustres.

Notre discussion privée a été interrompue par les propos du diplomate qui présidait la table et se faisait un devoir de dire un mot à chacun des auteurs français à qui ce dîner était dédié. N'étant ni la seule femme – nous étions deux –, ni la plus jeune, ni l'écrivain le plus connu, je ne m'attendais pas à être la première interrogée sur mon travail. Mon placement pourtant aurait dû m'alerter. Je me suis sentie coincée, mais grâce à ma vieille expérience d'enseignante ajoutée à celle de responsable d'atelier d'écriture, fonctions qui demandent un certain répondant, j'ai prononcé, comme demandé, quelques mots sur ce qu'était pour moi l'écriture. Et Antoine Deguelt s'est alors permis d'ajouter un commentaire élogieux tant sur mes romans que sur mes qualités pédagogiques dont sa fille, qui avait suivi mes enseignements, l'avait chaleureusement informé.

J'aurais tant aimé lui poser des questions, lui demander si derrière l'expression « mes enseignements » il me confirmait que Séréna et Thérèse étaient une seule et même personne. Et si oui, pourquoi ni l'une ni l'autre des deux identités de sa fille ne correspondait à la sienne. J'aurais aimé savoir aussi si c'était lui qu'elle avait rejoint en douce à Madrid à l'ambassade de Belgique où il était alors peut-être en poste. Et d'abord avait-il été diplomate en Égypte où Séréna était née ? Mais pas Thérèse, me susurrait au fond de moi une petite voix ironique. Thérèse avait un autre lieu, plus banal, de naissance.

Le champagne aidant, j'ai abandonné mes réflexions et simplement écouté les propos qui s'échangeaient autour de la table. Mes camarades (drôle de mot pour des gens qui me regardaient de haut, s'interrogeant sans doute sur les raisons de mon invitation et de mon placement qu'ils attribuaient, je l'imaginais ainsi, à une quelconque coucherie en haut lieu), mes camarades, donc, étalaient avec une complaisance non dissimulée leurs prix littéraires, leurs succès de presse, leurs ventes abondantes, leurs traductions dans de nombreuses langues, autant de marques de réussite qui m'étaient à ce jour tout à fait étrangères.

J'avais un peu honte de cet étalage mondain, honte pour eux. Et l'envie que, trop bien élevée, j'ai réprimée, m'est venue de mentionner un prix littéraire inventé, attribué dans un lieu de province lointaine, qui m'aurait été remis à l'unanimité par un jury de lecteurs anonymes. J'ai ri, très intérieurement, de l'effet qu'aurait produit cette révélation sur la plupart des convives. J'étais sûre qu'au moins deux personnes auraient apprécié la plaisanterie : mon jeune guide et mon voisin Antoine Deguelt.

Comment s'est imposée l'idée de faire une photographie dans les jardins enneigés de l'ambassade, photo souvenir pour immortaliser l'instant qui n'était pourtant ni immortel ni inoubliable ? Je ne sais plus qui a dit que nous allions attraper la mort avec ce froid et nos tenues légères. Mais cela n'a pas dissuadé notre puissance invitante et on nous a apporté nos manteaux et conduits vers l'extérieur. La neige ne tombait plus et le froid était d'une intensité mordante. On a demandé aux écrivains français de se regrouper et nous avons été rejoints par le premier secrétaire d'ambassade, très digne dans son manteau noir bordé d'astrakan. Les autres convives nous observaient derrière la vitre, bien au chaud, tandis que le photographe nous aveuglait à grands coups de flashs. L'autre écrivaine de notre petite délégation, qui s'était placée près de moi, grelottait et j'ai vu qu'elle portait des escarpins vernis à talons stiletto qui s'incrustaient dans la neige dense et devaient la faire horriblement souffrir.

Nous avons regagné la salle à manger où l'on servait à présent les cafés, thés et autres infusions, et pour ces messieurs des alcools forts au prétexte de lutter contre les rigueurs de l'hiver canadien. Mon voisin Antoine Deguelt, qui était resté à sa place pendant l'épisode photographique, m'a tendu sa carte et m'a demandé mes coordonnées, ce qui ferait sûrement plaisir à sa fille. Je n'en étais pas si sûre. J'ai griffonné mon adresse sur une page arrachée au carnet de notes qui ne me quitte pas. Et la soirée s'est terminée sans que rien de nouveau ne vienne éclairer cette drôle de rencontre. Sans avoir rien bu d'autre qu'une ou deux coupes de champagne, je me sentais comme ivre. Quand j'ai repris pied dans le présent, mon jeune guide n'était plus là, et un huissier en tenue est venu annoncer que le chauffeur de l'ambassade attendait les écrivains pour les reconduire à l'hôtel. Le court trajet fut assez silencieux. La romancière en escarpins stiletto continuait à grelotter en se frictionnant les chevilles. Signifiait-elle ainsi son espoir d'être réconfortée par le grand brun, best-seller et donc plume d'or de notre délégation ? Lorsque, quelques heures plus tôt, la voiture de l'ambassade nous avait conduits de l'hôtel au dîner de gala, elle avait tendu son portable à cet écrivain, appli photo ouverte sur une série de nus, les siens, qu'elle avait accompagnés d'une simple question n'attendant pas de réponse mais qu'il pouvait entendre comme une promesse : « Pas mal, non ? » J'avais détourné le regard, gênée d'être le témoin d'un tel étalage.

La suite du séjour ne différait en rien des invitations classiques à des foires du livre françaises. Et à ce titre ne mérite aucun commentaire.

9

De Paris, où je vis et écris à mi-temps, l'épisode Deguelt, qui m'avait perturbée durant les quelques jours passés au Canada, m'a semblé sans importance. J'ai retrouvé les manuscrits que je reprends et corrige à la demande d'écrivains en herbe, désireux de mener à terme leurs mémoires ou leur projet romanesque, et les deux courtes traductions que j'étais en train de boucler. Ces activités peu rémunératrices, mais qui m'intéressent, complètent ma demi-retraite de l'Éducation nationale, salaire de mes quinze années de bons et loyaux services. Je n'ai pas souhaité poursuivre les ateliers d'écriture. Envie d'organiser mon agenda comme il me chante. Désir de liberté. Projets de livres. Besoin de silence. Tout cela à la fois.

Je n'ai pas tout de suite exhumé la lettre signée Thérèse au dos de l'enveloppe, juste Thérèse et pas d'adresse, qui suivit de peu mon retour. Je l'avais fourrée dans mon sac pour plus tard. Je ne l'avais pas oubliée. Mais je ne souhaitais pas me précipiter tête baissée dans d'éventuelles retrouvailles avec cette fille fantasque et menteuse sous prétexte que j'avais eu pour voisin de table un homme charmant qui prétendait être son père. Quels mensonges me raconterait-elle à nouveau si je la sollicitais ?

Cette lettre, je l'ignorais encore, serait la première d'une série de six auxquelles je n'ai pas répondu. Six lettres reçues en un temps bref, à peine plus d'une semaine. Je les ai numérotées, même si cela fut parfois difficile car il en arrivait plusieurs par le même courrier et aucune date ne me permettait de les classer chronologiquement. Il m'a semblé qu'ensemble elles racontaient une histoire qui n'était pas forcément son histoire, mais un récit entre rêverie, mensonge et justification. Je les recopie ici, telles quelles. Elles font partie du dossier Thérèse.

Lettre 1

J'imagine qu'Antoine Deguelt vous a dit qu'il était mon père. Il adore se présenter ainsi. En père affectueux à qui sa fille raconte sa vie, parle de ses professeurs, avec laquelle il a cette proximité douce tissée de confiance et d'abandon. Il vous aura aussi persuadée que la Thérèse de vos ateliers d'écriture et la Séréna de votre courte carrière d'enseignante sont une seule et même personne. Et cela vous aura rassurée. La tête brûlée de l'adolescence a trouvé son équilibre dans sa vie de femme. Elle a l'élégance d'une fille de diplomate et la maîtrise des grandes bourgeoises. Fin de la crise d'adolescence. Fin des tentatives de suicide. Fin de l'histoire. Séréna est morte, vive Thérèse !

Comment vous détromper, vous faire entendre une vérité qui se dérobe, vous dissuader de vous poser et de me poser des questions ?

Vous souvenez-vous du « cas Dominique » dans ce livre magnifique de Françoise Dolto ? Elle y aborde le jeune patient Dominique qu'on lui a envoyé avec ces simples mots qui dénouent son mal-être. Je cite de mémoire : « Il t'est arrivé quelque chose de pas vrai qui t'a rendu pas vrai. »

C'est exactement ma situation. Seule différence, il est trop tard pour me permettre de déceler le vrai du pas vrai, le mensonge de la vérité. Je suis à la fois vérité et mensonge. Et si je vous écris : Antoine Deguelt n'est pas mon père, vous pouvez le croire ou non. Et de là découle ce problème de mon identité qui je le sais vous tracasse. Il y a quelques années, je vous aurais demandé en quoi mon identité vous concernait. En vieillissant, je suis moins brutale. J'accepte l'idée qu'elle vous trouble, vous interroge. Mais je ne répondrai pas pour autant à vos questions formulées ou muettes. Je vous écrirai et vous prendrez dans mes lettres ce qui intéresse en vous la romancière. Je ne souhaite pas devenir un personnage de vos fictions. Je suis une fiction.

Lettre 2

Je ne veux pas me souvenir de mes années d'enfance belge. Ont-elles seulement existé ? Qu'il y ait des photos où l'on me voit sur la Grand-Place de Bruxelles donnant la main à deux adultes qui prétendent être mes parents ne prouve rien. Est-ce bien moi cette petite fille aux cheveux à peine bouclés et à la couleur incertaine, indéterminable sur ce cliché en noir et blanc ? Quant aux adultes, s'ils sont reconnaissables par vous qui les avez vus l'un et l'autre à un autre âge de leur vie, cela ne dit rien du lien qu'ils ont avec la petite fille qui marche entre eux et dont l'enfance pouponne brouille les traits. C'est la vie qui sculpte les corps et les visages. Les traits de l'enfance sont à peine esquissés. Une bouille ronde, un soupçon de nez, deux billes...

Je ne vous dirai jamais qu'elle, la petite endimanchée entre deux parents chics sur une place belge, c'est moi. Et vous ne pourrez pas prouver que je vous mens, si je vous mens. Ou si, dans ce cas précis, je dis vrai. Dans les deux situations, vous n'aurez aucun moyen de le savoir. Rien ne pourra attester qu'un lien existe entre moi et elle. Que nous sommes une.

Je pourrais aussi vous dire qu'elle est ma sœur. Que ce sont bien mes parents sur la photo, mais vous le savez déjà. Non, vous savez que cet homme et cette femme ont eu une fille qui pourrait être moi. Mais qui dit qu'ils n'en ont pas eu une autre, avant moi, qui aurait disparu ? Et que c'est précisément cette fille qu'on voit sur la photo, à Bruxelles.

Et peu importe cette photo, on s'en fiche. Pourquoi vous parler d'une photo que vous n'avez pas vue, qui n'existe peut-être pas ?...

Quand vous aurez compris que tout est flou dans ma mémoire, tout est flou dans ma vie, vous ne vous demanderez plus si la Séréna de quinze ans née à Alexandrie et la Thérèse adulte née en France sont la même personne.

J'aime bien l'idée de feuilleter avec vous un album de photos que vous ne verrez jamais, qui sont imaginaires. Ou pas.

Je sais qu'il y a une forme de perversité dans ce que je vous propose, mais l'écriture n'est-elle pas toujours perverse ? Elle donne à voir ce qu'elle veut, elle cache ce qui l'arrange. Elle réinvente le monde à sa fantaisie et se nourrit du vivant. L'écriture est cannibale. Je sais qu'un jour j'apparaîtrai dans un de vos romans et je détesterai l'image que vous donnerez de moi.

Je la trouverai injuste, fausse. Et cependant, j'essayerai de chercher dans vos mots un sens acceptable à ma vie. Une forme de reconnaissance. Ou de naissance.

Lettre 3

Me croirez-vous si je vous dis que ces lettres que vous recevez en averse, comme une pluie soudaine et nourrie, je les ai écrites au fil des années. Elles vous ont toujours été destinées. C'est à vous que je les écrivais, à vous que je pensais en les écrivant, mais elles finissaient toujours dans un tiroir. Pourquoi vous les aurais-je expédiées alors que vous aviez disparu de ma vie et moi, plus encore, de la vôtre? Mais je ne pouvais pas me résoudre à laisser dans l'ombre ou même dans un clair-obscur cette histoire qui est la mienne et que vous avez devinée, observée au cours de ma jeunesse et, plus tard, à l'âge adulte, si tant est que l'âge adulte existe. Ne peut-on pas, comme le chantait un autre Belge que mon père écoutait en boucle, « être vieux sans être adulte »?

Moi, je ne me sens ni vieille ni adulte. Je suis d'un autre monde et de tous les temps. Pour s'inscrire dans une chronologie, il faut sans doute avoir une origine. Une seule origine. Un récit cohérent. Vous l'aurez compris je n'ai rien de tout cela dans mon bagage. Je manque de pedigree.

Certes j'ai un père et une mère. Je suis venue trop tôt au monde pour être le fruit d'un cocktail imaginé dans une éprouvette. Je ne suis pas née dans un ventre de louage dûment rémunéré ; ni des spermatozoïdes congelés d'un homme choisi sur fiche : yeux bleus, un mètre quatre-vingt-cinq, QI 180 ; ni des gamètes d'une mère qui les aurait conservés au froid pour enfanter en des temps meilleurs. J'appartiens à une époque qui se voulait moderne mais qui demeurait désespérément classique, où l'on se mariait parfois par amour, où l'on faisait des enfants en le voulant ou sans le vouloir, selon le désir des femmes et le secours de la médecine. Où l'on était, par choix et volonté affirmés, enceinte sans mari.

Ne voyez aucune critique dans cette description d'un monde contemporain dont je ne suis pas issue. Peut-être aurais-je préféré être l'enfant d'un père anonyme ou d'une mère trop occupée pour m'accueillir dans les années où sa fécondité aurait ralenti sa carrière.

Mais est-on jamais satisfaite de son sort ?

Je vous imagine lisant ces lignes et pensant que je ne suis sans doute pas la plus mal lotie des personnes que vous avez croisées au cours de votre carrière d'enseignante. Mais qu'en savez-vous ?

Je me sens comme cet écrivain russe que vous aviez mis à notre programme de première. Vous aviez simplement dit : « Lisez *Crime et Châtiment*, c'est un vrai polar. »

Vous aviez compris que le nom de l'écrivain n'était pas nécessaire pour provoquer la lecture. Il fallait juste souligner une attractivité décalée, un rien sulfureuse. Un polar ! Qui nous recommandait de lire des romans policiers dans l'Éducation nationale ? Personne en ce temps-là. Sauf vous. Et j'ai lu *Crime et Châtiment*, et je me suis sentie comprise par Dostoïevski. Oui, j'ai bien dit je me suis sentie comprise et non pas j'ai compris Dostoïevski. Je me suis plongée dans l'univers de ce Russe dont je partageais la rage, la colère. Il n'y avait rien de littéraire ni de scolaire dans la relation que j'avais à ses écrits. Il avait confié cette phrase à son frère : « J'ai un projet, devenir fou. » Et je l'ai faite mienne. J'ai mis la folie à mon programme de vie. Et même si cela m'a conduite en hôpital psychiatrique, je sais que je n'ai pas encore touché au but. Je ne suis pas devenue folle mais je n'ai renoncé à rien. Les bons jours il m'arrive d'avoir l'impression de m'en approcher.

Non, ne soyez pas effrayée, avoir comme but ultime la folie n'a rien de destructeur. La folie c'est s'approcher d'un certain soleil de vérité en essayant de ne pas s'y brûler jusqu'aux cendres. La vérité n'est-elle pas toujours une sorte de brûlure ? Et je vois dans la folie une approche de cette vérité fondamentale que je n'arrive pas à saisir autrement et qui touche au mystère de l'être. N'étant pas mystique ni croyante comme Dostoïevski, je n'évoque pas le mystère d'un dieu auquel il m'est impossible d'avoir recours car je crois à la solitude absolue et au silence éternel des espaces infinis. Mais je ne suis pas effrayée, juste curieuse. Et j'avance pas à pas, parfois je recule, il est vrai, sur le chemin étroit de la folie. Peur des précipices ? Doutes ? Envie de rentrer dans le rang ? J'essaye de ne pas m'appesantir sur ces interrogations qui m'entravent. Il m'arrive même de croire que j'avance vers la lumière. Sans savoir tout à fait ce qu'est la lumière.

Je n'attends pas que vous adhériez à cette pensée, mais vous êtes la seule qui puisse la comprendre sans la juger. Ou alors je me trompe sur vous depuis des décennies. Je ne peux pas le croire.

Lettre 4

Du temps s'est écoulé depuis la rédaction de ma précédente lettre. Plus envie de vous écrire. Trop mal dans ma peau pour aligner des mots. Des journées à pleurer sur moi, et ce n'est pas glorieux.

Impression d'être sans mémoire à force de la saturer de souvenirs réels ou imaginaires. J'aurais aimé vous décrire les splendeurs d'Alexandrie, le lieu où ma mère prétend que je suis née, alors que mon père, lui, soutient que je n'ai jamais vu Alexandrie, à part dans des livres ou sur des cartes postales. Il semblerait que j'y ai été conçue, mais qu'à ma naissance mes parents étaient séparés depuis des mois. Ma mère l'avait quitté pour la femme que vous avez croisée à Montpellier quand j'étais votre élève. Vous avez bien dû remarquer que sur ses tableaux, il n'y avait pas la moindre trace d'Égypte. Elle avait comme effacé ce temps bref de son mariage. Elle affirmait juste que j'y avais vu le jour. Comment a-t-elle pu déclarer que je suis née à Alexandrie ? Je l'ignore. Sans doute a-t-elle joué sur sa situation passée d'épouse de diplomate. Mon père, de son côté, prétend que je suis née en Belgique, ce qui n'est pas plus juste. À moins que naître dans une ambassade ou simplement y avoir été conçue, ne suffise pour établir la nationalité.

Comme tout cela est bête !

Aujourd'hui je n'ai pas plus de plaisir à voir l'un que l'autre. Mon père vous a sûrement parlé de moi avec un certain enthousiasme, c'est sa manière d'exister comme père devant des étrangers, mais dans le fond, il se fiche pas mal de qui je suis, de qui je suis devenue. Vous parler de moi était une jolie entrée en matière. Il aime bien les jeunes femmes et vous deviez être à son goût de séducteur non productif. Car mon père aime seulement séduire. Plus ou presque plus consommer. Lassitude ou impuissance ? Lui s'en sort en prétendant que c'est lassant. Quant à ma mère, elle s'est montrée assez lointaine malgré vos efforts pour voir son travail. Rien d'étonnant. Son égoïsme et son talent vont de pair. Elle a besoin des autres mais ne donne rien en échange. Elle a une compagne qui gère l'intendance et une œuvre à bâtir. Cette femme lui est totalement dévouée. C'est la seule façon de pouvoir durer à son côté. Elle a une fille aussi, moi, conçue par inadvertance. Je crois qu'elle aurait préféré me faire seule, ce qui lui aurait permis de me considérer comme son œuvre, et de m'aimer à la hauteur de ses créations. Mais ce n'est pas le cas. Dommage. Elle ne peut rien vivre, rien aimer en dehors du cercle étroit de son art. Pour tout le reste, elle n'a ni le temps, ni la place. Elle ne s'est intéressée – mais est-ce vraiment le mot juste ? – à moi que lorsqu'elle a eu peur de me voir sombrer dans la folie et dans la mort. Dans son univers parfait de beauté, le suicide ferait tache. Ma mère est une esthète, une de ces artistes qui ne peuvent créer que dans un monde parfaitement lisse, sans contraintes, sans tourments.

Lettre 5

Sale manie, direz-vous, de ne jamais dater ce que j'écris. De ne jamais m'inscrire dans un calendrier. Comme si le temps était un ennemi intime que je snobais pour me donner l'illusion de ne pas lui succomber.

J'aime ce brouillage temporel qui commence bien malgré moi dès ma naissance. Si mon lieu de naissance est faux, comment croire vraie la date de ce premier jour de ma vie ? Ainsi mes confidences, ou ce qui s'apparente à des confidences sans en être vraiment, que je vous adresse dans leur ordre d'écriture, mais selon un calendrier capricieux, parfois très près, parfois très loin de leur date de rédaction, ne disent rien de ce que je suis, de ce que je pense à l'heure où vous les lisez. C'est sans doute une manière d'échapper. De rester maîtresse de mes horloges.

Un jour je vous raconterai ma disparition à Madrid juste après la pièce de Lorca qui m'avait fascinée par sa violence, dans le fond si proche de la mienne. Je vous parlerai de cette année terrible à Montpellier qui s'est terminée à l'asile. Ma mère m'avait interdit d'employer le mot asile. Et désormais, je comprends pourquoi. L'asile est un refuge et ce n'était pas d'un refuge dont j'avais besoin alors, mais d'un lieu de soin et d'oubli. Une boîte blanche et insonorisée. La médecine ne m'accueillait pas à bras ouverts pour que je m'y blottisse, elle me contraignait à accepter de vivre à coups de cachets anesthésiants. Elle me forçait à l'oubli en m'assommant de neuroleptiques.

Parfois l'envie de mourir était si forte que j'avais du mal à respirer, comme si mon corps, plus que ma tête encore, s'efforçait de répondre à mon envie d'en finir.

« J'ai des bouffées de mort », ai-je déclaré à la psychiatre qui me suivait. Elle a souri et m'a dit : « Non, pas de mort, de désir de mort, ce qui n'est pas la même chose. » Et j'ai pris conscience que c'était le mot désir que j'avais exclu de mon langage, que je fuyais. Je parlais d'envie, de bouffées, comme si le mot désir m'effrayait. Comme si le désir était plus inaccessible que la mort. Plus difficile à affronter.

Avec le temps ces angoisses se sont apaisées, mais je reste prisonnière d'une histoire qui me dépasse. C'est pour tenter de m'en approcher à défaut de la saisir que je me suis inscrite à votre atelier. Et pour vous revoir aussi. Pour m'assurer que vous aviez bien vieilli. Que vous n'aviez pas renoncé comme renoncent les adultes.

Vous étiez un professeur à qui l'on avait envie de ressembler, mais cela n'augurait rien de ce que les ans pouvaient faire de vous. Et quand je vous ai retrouvée, j'ai compris que je n'avais aucune envie de faire le lien avec celle que j'étais. Je ne voulais pas poursuivre une relation d'élève à enseignante entre la fille d'hier et la femme d'aujourd'hui que j'ai construite à force de travail, d'obstination et d'acharnement. J'avais changé d'identité, de passé, et même, aussi fou que cela puisse paraître, de lieu de naissance. Je ne vous ai pas menti, je vous ai imposé une fiction différente, et j'ai pris conscience que si vous l'acceptiez en surface, vous n'étiez à aucun moment dupe de mes dérobades. Adolescente, je voulais, je veux toujours, devenir un personnage. C'est le seul moyen que j'ai trouvé pour ne plus être la personne perturbée, fermée, hostile et malheureuse de votre classe de première. À défaut de vie, j'aurais une biographie. Et voilà que je me dégonfle, juste parce que mon père m'a parlé de vous, et que vous êtes devenue un écrivain. Voilà que je confirme vos soupçons dans une correspondance sans retour. Qui vous écrit, la personne ou le personnage ? Séréna la révoltée ou Thérèse la bourgeoise ? Et sont-elles si différentes ?

Mais les fictions, c'est vous qui les inventez, et vous qui créez les personnages. Désormais, je ne sais plus si je crains ou si j'espère devenir l'un d'eux. Et si un jour je me vois dans vos pages, je ne suis pas sûre d'assumer l'image que vous donnerez de moi. Quoi que je dise ou fasse, c'est vous qui déciderez de mon destin.

Ne voyez là aucune menace obscure. Je ne me suiciderai pas si je me découvre dans un de vos livres. Mais sans doute est-ce bien présomptueux que de me croire digne de vous inspirer un récit.

Lettre 6

Dire, c'est faire exister. Ne pas dire, c'est enfermer quelque chose – des mots, des images, des larmes... – qui gargouille en vous comme une nourriture indigeste qui ne passe pas. Je me suis habituée aux gargouillis et à l'indigestion, et voilà qu'au fil des lettres je suis au bord du vomissement, et je ne peux pas, je ne veux pas. Que me restera-t-il de toutes ces années de ma vie si je les déverse d'un coup ? Et si je n'étais, si je n'existais, que dans cette rétention, ce mal-être constitutif? Cette boule de doute qui me nourrit et m'étouffe.

Ne croyez pas que je remette sans cesse ma confession pour vous tenir en éveil, vous intéresser à moi. Je ne suis pas Shéhérazade et vous n'êtes pas le grand vizir. Je ne risque pas ma tête à me taire. Et le terme de confession qui revient dans ces lettres est, je le répète, erroné concernant mon projet de parole, de mise en voix des histoires qui me tourmentent. Une chose est vraie : je cherche mon salut dans les mots. Sans toutefois être sûre de ce que j'entends par salut. Soulagement serait peut-être plus juste, mais le terme est bien trop trivial pour que je m'en contente. Je sais que le nœud que j'essaye de défaire depuis des années, et qui parfois m'étrangle, est celui de ma naissance. Les multiples « vérités » qui l'entourent ne peuvent être, pour la plupart, que des mensonges. Comment savoir où l'on va si l'on ignore d'où l'on vient ? Question basique, obsédante, à laquelle je ne sais pas répondre.

Avez-vous remarqué à quel point je suis différente de ma mère et de mon père ? Je suis rousse, cheveux bouclés, yeux bleu-vert, peau de lait et de son, pas très grande et à tendance potelée. Mon père était blond, à présent blanc avec l'âge, yeux noirs, grand, voire très grand. Belge assurément. Ma prétendue mère est brune, un beau pruneau aux yeux bleus, petite et d'une maigreur parfois inquiétante. Sèche comme un coup de trique. J'aime cette expression populaire pour décrire ma mère qui fuit tout ce qui est populaire. Ma mère a choisi le camp de l'élite. Je dis bien choisi, ce qui est une autre manière de dire qu'elle est une sorte de transfuge. Elle fuit les gens ordinaires, les milieux populaires avec trop d'arrogance pour ne pas en être issue. Encore une énigme. Je n'ai jamais vu la moindre grand-mère, tante, cousine du côté maternel. Pas l'ombre d'une photo jaunie représentant un aïeul possible. Je n'ai plus de famille, disait-elle quand je la questionnais avec insistance. Mais « plus » n'est pas « pas », et donc même morts ces parents proches ou éloignés ont dû laisser une trace, un nom sur une tombe au moins. Mais non, rien. Fin des questions. C'était sans espoir. Et je n'insistais pas.

Si vous saviez le nombre de grands-mères que je me suis inventées. Toutes les rousses frisées de plus de cinquante ans que je croisais dans la rue devenaient illico des mamies potentielles. Je les aurais volontiers suivies. Mais je n'osais pas. Alors je me racontais des histoires dont elles étaient les héroïnes. Elles venaient me délivrer et je vivais avec elles des aventures pantagruéliques et gourmandes dans des salons de thé ruisselant de pâtisseries multicolores, comme ceux dont ma mère ne franchissait jamais la porte car trop de sucre nuit à la dentition et à la santé. Vivre est nuisible pour la vie. Ma mère ne vivait pas elle créait. Elle crée toujours. Pas sûre qu'elle ait jamais procréé. Mais c'est une autre histoire. Pas la sienne, la mienne.

Si vous décrochez à la lecture de cette lettre, même si je ne le saurai jamais, je vous comprendrai. Plus le temps passe et plus il me semble urgent d'être délivrée du doute. Mais je n'ai aucun élément nouveau qui me permette d'éclairer ma situation. Juste des mots pour avancer à tâtons, et vous que je n'ai plus vue depuis bien longtemps et qui m'avez été redonnée par mon père, ou celui qui en tient lieu.

Connaissez-vous la théorie de la génération spontanée ? Je me souviens de la manière dont une institutrice nous l'avait expliquée. Durant des siècles les gens croyaient que si on mettait des chemises sales dans un coin et si on laissait traîner des casseroles ou des pots pas lavés, des souris et des rats naissaient de ce désordre, comme ça, sans lien quelconque avec du vivant. Juste la crasse, la saleté. Et j'ai alors pensé que j'avais dû naître de cette manière. De quels objets inanimés étais-je issue ? J'ai longtemps hésité entre plusieurs sources possibles, mais à mon corps défendant, il m'avait semblé alors que j'étais née de la rouille et du fer. Mes camarades de maternelle ne m'appelaient-ils pas la Rouille ? J'ai appris plus tard que c'était le surnom qu'on donnait aux rousses. Devrais-je signer la Rouille ?

10

Dire que cette correspondance m'a troublée serait redondant. Elle s'est interrompue à la sixième lettre sans pour autant signifier que ce serait la dernière. Tout chez Thérèse était imprévisible, même le choix de ce papier bleu au format et à la couleur de celui de Colette. Son amour pour l'auteur de *Chéri*, qu'elle n'avait jamais exprimé lors des ateliers où nous avions travaillé sur la correspondance, s'affichait ici sans la moindre réserve. J'ai attendu sans impatience ni inquiétude qu'une autre missive bleue tombe dans ma boîte aux lettres, mais elle m'avait habituée à un rythme capricieux, et ne voyant rien venir, j'ai pensé qu'elle se taisait, craignant d'en dire trop ou se fustigeant d'en avoir trop dit. Elle avait déjà disparu bien des fois. Ce ne serait qu'une nouvelle disparition.

Et le temps a passé. Je n'étais plus focalisée sur cette étrange correspondance. J'écrivais, lisais, vivais, avais un amoureux. La vie en somme. Des mois plus tard, en rentrant de voyage, je ne suis pas allée chercher mon courrier comme d'habitude. La boîte aux lettres débordait de papiers à caractère publicitaire – j'avais vu ça en passant avec mes valises avant de regagner mon appartement.

J'avais ensuite défait mes bagages, rangé mes affaires et j'étais sortie faire trois courses pour le dîner, mon frigo et mes placards étant vides après un mois d'absence. Au retour, au prétexte que j'étais chargée, je n'ai pas ouvert ma boîte. J'ai alors pris conscience que je n'espérais rien, aucune lettre ne me manquait, et la plupart, je le savais aussi, sous enveloppe blanche à fenêtre, étaient des factures qui pouvaient attendre. Je me suis dit : tout peut attendre. Et je me suis sentie apaisée de ne plus dépendre de quoi que ce soit. Les emails avaient remplacé le courrier papier et les personnes qui m'importaient – mes amis, mon amoureux – me joignaient par ce biais-là ou par texto et téléphone. Finalement seule Thérèse continuait à utiliser les services de la poste. En écrivant le mot « continuait », je prends conscience qu'il est ici inapproprié. Elle ne continuait plus à m'écrire avec encre, papier et timbre, et c'était bien ainsi.

Les deux années qui ont suivi ont été pour moi parmi les plus heureuses, les plus sereines. J'ai toujours eu tendance à allier bonheur et sérénité. Je ne crois pas à l'amour vache, aux conflits constructifs, aux disputes positives. Mon dernier roman avait eu un petit succès d'estime et mon éditeur me pressait de reprendre le travail, battre le fer tant qu'il est chaud. En réalité le fer n'était que tiède, mais l'opportunité d'avoir un nouveau contrat et quelque argent pour travailler dans le lieu de mon choix me plaisait. Roman, mon compagnon, partait pour quelques semaines suivre un chantier aux Antilles et m'avait proposé de l'accompagner. Il s'agissait d'une halle aux poissons à ciel ouvert dont il avait dessiné les plans et que l'Europe finançait. Les bateaux pourraient ainsi déverser leur pêche ailleurs que sur le macadam et les flaques de cambouis du port. Question d'hygiène. Les habitants du village n'avaient pas été consultés, et Roman ne croyait guère à leur reconnaissance à l'égard de la métropole ou, pire, de l'Europe dont ils se méfiaient encore davantage. Ceux qui représentaient ces institutions (lui, pour ce marché) étaient des intrus. Ma présence, loin de le gêner, l'aiderait à arrondir les angles. Il comptait sur mon empathie naturelle, c'est ainsi qu'il m'avait présenté la chose.

Je ne voyais vraiment pas ce que je pourrais faire pour aplanir ses problèmes, mais l'idée d'un séjour au bord de la mer sous un climat plutôt clément en ces mois d'hiver me séduisait vraiment. Et puis, je n'aimais pas les longues séparations et Roman me promettait aussi un grand bureau où poser papier, crayons et ordinateur. Une sorte de rêve en somme. J'allais pouvoir écrire, marcher le long des plages immenses, me baigner, prendre des couleurs qui ne rivaliseraient pourtant jamais avec les belles peaux noires des jeunes Antillaises.

Je me suis souvenu d'une de mes élèves de seconde, guadeloupéenne vivant en métropole avec ses parents fonctionnaires de santé, et de sa peau que lui enviaient les gamines de son âge. Dès les premiers rayons du soleil, celles-ci s'exposaient aux heures chaudes du midi, tentant d'acquérir ce brun sombre et doré de la jeune métisse, qui ne comprenait pas leur combat désespéré contre la blancheur.

Voyage sans histoire. Huit heures d'avion, chaleur étouffante à l'arrivée puis bateau et encore une heure sur une mer calme pour rejoindre la petite île de Marie-Galante où nous attendait un bel appartement face à l'Atlantique qu'une légère houle ourlait de blanc. Une vraie carte postale.

Roman a juste posé ses bagages et filé à une réunion que les autorités locales avaient placée un peu trop tôt au vu des horaires de notre voyage. Malice ? Épreuve initiatique ? Affirmation de leur pouvoir ? Roman savait à quoi il s'exposait en acceptant le chantier et affirmait que l'idée d'une escapade en ma compagnie avait primé sur la faisabilité sans heurt de ce projet. Je crois que c'était surtout la possibilité de parfaire son initiation tardive à la planche à voile qui l'avait conduit à signer ce contrat. Les Antilles, les alizés, ça fait rêver !

J'ai très vite été accablée par un sentiment pesant de monotonie, malgré le soleil merveilleux de décembre, mais déroutant pour une « métro » abonnée aux hivers gris et tempérés. Et ce ne sont pas les orages qui, tous les midis, ponctuent d'une virgule de pluie rafraîchissante la touffeur du jour sans jamais troubler le train-train des Galantais qui s'abritent sous un porche ou un balcon puis reprennent sans transition leurs activités ou simplement leur inactivité contemplative à la terrasse des cafés paillotes, qui me délivreraient de cette pesanteur.

Même l'éternelle beauté de la mer mouvante et, comme

l'écrit Paul Valéry, « toujours recommencée », et d'un ciel bourgeonnant de nuages blancs, ne parvenait pas à m'arracher à cette impression d'immobilisme. Un jour ressemblait au suivant et le suivant encore au suivant...

En réalité, une semaine après notre installation, je n'avais pas écrit la moindre ligne. Ou du moins celles que j'avais tapées sur l'ordinateur avaient été effacées sans regret mais non sans rage dès leur relecture.

Que m'arrivait-il donc ? J'étais dans un décor de rêve avec un homme que j'aimais assez pour partager sa vie, je n'étais plus une gamine, ni une jeune femme, j'avais largement passé la quarantaine et je pouvais vivre sans autre contrainte que celle que je m'imposais : écrire. Les années d'enseignement, les corrections de copies ou de textes, les horaires fixes, et tout ce temps passé à m'occuper des autres – adolescents, jeunes adultes, bourgeoises ou non, en quête d'activités intellectuelles et littéraires –, tout cela était derrière moi. Je pouvais m'installer dans ce luxe insensé qu'est la liberté, mais voilà, je n'arrivais plus à aligner la moindre phrase cohérente, ou plutôt je n'avais plus rien à dire. Plus rien ne sortait de moi. J'étais un volcan éteint.

Au lieu de me morfondre en attendant devant mon écran que jaillisse l'inspiration à laquelle je n'ai jamais cru, je suis allée marcher sur l'île. Les touristes de Noël n'étaient pas encore là, et l'on ne croisait pas grand monde en ce milieu de journée. Dans le fond, cette solitude me rassurait. Le regard détourné et parfois hostile des îliens ne m'encourageait guère à rechercher le contact. Et ce que me racontait Roman au retour de ses interminables et stériles réunions ne m'aidait pas à reconsidérer mon impression première. Nous étions des intrus. D'autant plus que nous n'étions pas même des touristes. J'ai mis un certain temps à comprendre que la position dominatrice des métros, comme on nous nommait ici, ne favorisait pas les relations. Et que le niveau de revenus des Galantais comparé à celui des fonctionnaires issus de métropole était pour le moins modique. Nous étions donc catalogués comme riches et en plus sans enfants. Je ne crois pas en avoir jamais désiré, ou seulement un bref moment qui a suivi le verdict médical selon lequel cela ne me serait pas possible.

Pourtant, ce jour-là, environ une semaine après notre arrivée, c'est vers une fillette que je me suis dirigée, rompant et mon désir de solitude et ma frilosité à l'égard des enfants.

Je marchais le long de l'eau, pieds nus dans le sable humide, absorbée par la contemplation des grands oiseaux noirs qui dansaient sur fond de ciel bleu et blanc, dessinant d'invisibles et fascinantes figures dont je cherchais à comprendre le tracé et la signification. Et je l'ai vue sur le sable sec, accroupie entre un cocotier et un mancenillier réputé toxique, dont le tronc marqué à la peinture rouge signalait la dangerosité. De loin, à quelques mètres de moi et le soleil dans les yeux, elle dans l'ombre des arbres, j'ai cru qu'elle n'était pas antillaise. J'ai juste vu ses cheveux clairs et sa peau qui m'a semblé pâle. Elle n'a pas bougé en m'apercevant, et c'est sans doute la raison qui m'a poussée à m'approcher d'elle. Une enfant en difficulté ? Une petite fugueuse ? De près, elle m'est apparue plus âgée que je ne l'imaginais – dix, onze ans – et j'ai vu qu'elle était métisse, à la peau très claire, criblée de taches de son. Elle m'a regardée d'un air sombre, sans le moindre mot en réponse à mon bonjour un peu emprunté. Et j'ai cru lire de la colère dans son regard. À sa place, j'aurais sans doute détesté qu'on vienne me surprendre. Et pourtant, je n'ai pas bougé. J'ai continué à lui parler sans obtenir la moindre réponse ni apaiser la colère de ses yeux d'un noir si profond qu'il accentuait leur dureté. Et pour la première fois depuis des mois, j'ai repensé à Thérèse-Séréna. Cette gamine était comme la Séréna de ma classe de première : violente et désespérée.

Cesse-t-on jamais d'être l'enseignant que l'on a été même quand on a fui la fonction sans pour autant renoncer à ce lien particulier qui unit l'élève au professeur et qui est celui, simple et complexe, de la transmission ? Peut-être ce rapport à l'élève est-il différent lorsqu'on a des enfants. Moi, je n'en ai pas.

Il y a tant de choses qui se cachent derrière ce mot : transmission. L'enseignant est payé pour transmettre du savoir. Mais le savoir est tellement plus vaste que celui des disciplines dispensées.

Je ne me suis pas dit tout cela devant la gamine qui n'avait pas bougé d'un pouce et dont le regard exprimait à présent plus de méfiance que de colère. Qui était donc cette femme blanche venue lui casser les pieds, lui demander pourquoi elle était seule et pas en classe ? Avait-elle un problème ? Se cachait-elle de sa famille ? Avait-elle fugué ? Était-elle perdue ? Etc.

À cette avalanche de questions, elle opposait le silence. Cependant quelque chose changeait dans son attitude, je la sentais moins tendue, ses mâchoires se desserraient, rendant à ses joues leur rondeur enfantine. Elle n'était plus seulement cette drôle de petite fille sauvage et mutique, et l'on devinait qu'elle pouvait être douce. Alors je me suis présentée et lui ai demandé son prénom. Tout cela sans faire le moindre geste, pour ne pas l'effaroucher. Elle a dit « Tissia Rosier », puis elle a corrigé : « On dit Tissia mais c'est Thérèse. » Et devant mon drôle d'air elle a ajouté : « Mais personne m'appelle comme ça. Ça fait vieille. »

Les coïncidences m'ont toujours fait douter du pur hasard, à moins de considérer le hasard comme une série de coïncidences. J'étais rattrapée par une Thérèse, certes nommée Tissia, alors qu'une réelle distance géographique et temporelle me séparait de mon ancienne élève et que rien ici ne semblait pouvoir me ramener à cette histoire de fille-femme à l'identité incertaine.

Ce jour-là, Tissia ne m'en dirait pas davantage et partirait en courant et sans un mot vers les maisons du village, à quelques mètres de la plage, chez ses parents, ai-je pensé, à la fois déçue et soulagée. J'aurais bien prolongé le dialogue, aussi modeste fût-il, poussée par une sorte de curiosité dont je n'étais pas coutumière. Le soir, lorsque j'ai raconté ma rencontre à Roman, il s'est étonné de l'intérêt que suscitait en moi cette petite « chabine ». Il s'est moqué de mon ignorance – je ne connaissais pas le terme de chabin-chabine –, surpris que la petite rousse et blanche criblée de taches de son ait les yeux noirs. Les chabins de sa connaissance étaient roux aux yeux et à la peau clairs. Je n'ai pas dit qu'elle s'appelait Thérèse, ni Tissia. Mais en évoquant la présence de la gamine sous un mancenillier, je l'ai vu tiquer : « Tu lui as dit que c'était dangereux de rester sous cet arbre ? » Et j'ai pris conscience à ce moment précis que si moi je ne savais pas grand-chose des dangers possibles de cet arbuste toxique, Tissia, elle, sans doute native de l'île ou en tout cas des Antilles ou de Guyane, devait en être parfaitement informée. De là à jouer à se faire peur...

Était-ce cette brève rencontre, le prénom de la gamine, le danger, que j'ignorais alors, qu'elle pouvait courir sous ces arbres toxiques, dès le lendemain j'ai retrouvé mon ordinateur. Envie soudaine d'écrire sous forme de lettre sans destinataire précis les idées et les mots qui me venaient. Une sorte de mise en forme comme je les proposais dans mes ateliers. Se dérouiller les neurones et les doigts. Laisser venir à soi les images, les sons, sans autre propos que mobiliser la langue, vérifier que tout fonctionne : l'ordinateur et la tête.

J'aime ces moments sans enjeu véritable où la rêverie affleure au bout des doigts. Ce n'est pas l'écriture automatique des surréalistes, mais quelque chose qui serait plus proche des impros du jazz, de cette souplesse des volutes musicales. Et même si je sais mes mots plus lourds et maladroits, il m'a toujours semblé que ce moment où je laisse errer mes mains sur le clavier sans but précis est celui où je suis le plus en accord avec moi-même.

La première phrase que j'ai tapée n'était pas de moi, elle est venue comme ça, de ma mémoire de lectrice. *Je mens, je respire*, titre du si joli livre jeunesse de Chris Donner. Elle s'est imposée sans que je sache pourquoi, sans que je la convoque. Elle sortait d'une bibliothèque d'enfance et je l'ai suivie, comme Alice suivait le lapin blanc. Banco pour l'aventure. Mais la phrase et moi ne partions pas pour le pays des merveilles.

Je n'ai rien gardé de ce que j'ai écrit ce jour-là, mais le souvenir de la réflexion qui a guidé mon écriture demeure d'autant plus vif que c'est à partir de là que beaucoup de mes doutes et interrogations ont trouvé si ce n'est apaisement et réponses, du moins une forme de compréhension. « Je mens, je respire » a aimanté toutes les questions que je m'étais posées à propos de Thérèse et auxquelles répondrait sans le savoir la petite Tissia à laquelle je dois revenir pour éclairer cette partie de l'histoire.

11

Les discussions de Roman avec les administratifs et les politiques de l'île se prolongeaient toujours très tard dans la soirée. D'autant plus tard que tous les participants, hormis Roman, arrivaient aux heures les plus farfelues et tardives. Quant aux artisans, il n'en avait rencontré aucun, la mairie n'avait pas arrêté son choix, l'adjudication étant encore en suspens. Mais ce ne serait pas un problème. Des bras et des mains inoccupés, ici, sur l'île, il y en avait à revendre.

Ils avaient tous des milliers de questions à régler avant ces réunions, et Roman avait assez vite compris que les sommes conséquentes investies par l'Europe leur semblaient mal placées. Tout cet argent les aurait aidés à affronter bien des problèmes matériels plus importants à leurs yeux, et sans doute l'étaient-ils. Le marché aux poissons n'était pas leur priorité. L'essentiel était que le poisson soit pêché et vite accessible à tous. Les gens d'ici aimaient bien venir le voir de près, encore frétillant au sortir du bateau, le choisir dans les casiers en bois, le toucher. Pas l'exposer comme un produit de luxe sur des lits de glace pilée.

Au début, la situation irritait tellement Roman qu'il n'arrivait pas à se réjouir de son temps libre et s'interdisait même de sortir sa planche à voile alors que les alizés étaient parfaits et la température rêvée.

Vingt-neuf degrés, annonçait tous les jours la présentatrice météo qui galérait à entretenir le suspense sur les possibles caprices du thermomètre. Au bout d'une semaine, il avait pris son mal en patience et notre emploi du temps en avait été modifié. Nous ne nous levions plus avec le soleil, à six heures, malgré les voix chantantes des femmes et les interjections des îliens que le petit matin rendait loquaces voire bruyants. Roman traînait en short de surf, buvait sa série de cafés, lisait les nouvelles sur sa tablette, puis regagnait le large sur sa planche. Il avait l'air en vacances sans l'être. Il nous arrivait aussi de prendre la vieille voiture déglinguée que nous avait allouée la municipalité pour nous rendre sur une autre plage, ou pour aller marcher dans les paysages changeants de l'île. Roman ne s'inquiétait plus de manquer un rendez-vous. Il ne verrait jamais personne avant dix-sept heures, avait-il acté. Il s'était accordé une vingtaine de jours pour résoudre les problèmes de lancement du chantier. Après ce ne serait plus son affaire. Du travail l'attendait ailleurs.

Je n'avais pas calqué mes activités et mes promenades sur celles de mon compagnon. J'écrivais plutôt le matin, dans la fraîcheur des alizés qui pénétrait par la grande baie vitrée que nous maintenions ouverte aux petites heures du jour. Et je ne manquais jamais de faire cette longue marche sur la plage, pieds nus sur le sable humide, non loin des cocotiers et des mancenilliers menaçants avec leur bague écarlate. J'espérais y revoir Tissia ne serait-ce que pour comprendre ce qui l'avait conduite sous les arbustes toxiques ce jour où je l'avais surprise pour la première fois. Quelle colère l'animait alors ? Quel désir de se rendre malade, de s'infliger une peine ? De se faire peur ou d'effrayer les siens ?

Je n'ai revu la petite fille que deux jours plus tard, derrière le comptoir de l'épicerie où j'allais me ravitailler. Quand on la voyait au côté de la caissière et patronne du lieu, on n'avait pas le moindre doute sur leur lien familial. Elle a fait mine de ne pas me reconnaître et a même tiqué lorsque je l'ai désignée par son prénom : « Ça va aujourd'hui Tissia ? » La femme de la supérette a eu l'air surprise et comme la gamine restait muette, elle lui a demandé, sans aménité, d'être polie et de répondre à la cliente. La gamine a dit un vague « b'jour ». Et alors que je rangeais les commissions dans mon sac, j'ai ajouté à la cantonade :

— Votre fille vous ressemble vraiment beaucoup.

Et Tissia de crier d'une drôle de voix étranglée :

— C'est pas ma mère !

La caissière a détourné le regard et scanné les produits du client suivant, sans émettre le moindre commentaire.

J'ai quitté l'épicerie vaguement gênée. Mais la ressemblance entre Tissia et l'épicière continuait de me troubler. J'avais beau me dire qu'on peut ressembler à un autre membre de sa famille plus encore qu'à sa mère, il y avait entre elles deux, outre des traits identiques, des gestes, des mimiques, quelque chose d'indéfinissable qui dénonçait une familiarité de tous les instants : un mimétisme constitutif et inconscient.

Cependant, la colère de la gamine à se voir nommer fille de l'épicière était d'une telle violence qu'elle ne pouvait pas être anodine. Tissia n'était sans doute pas une enfant facile. Je l'avais vue boudeuse, renfrognée, provocatrice voire suicidaire. Mais sa colère n'était pas du même ordre. Sur le moment je n'ai pas su la nommer, ni la classer, ni a fortiori la comprendre.

Le vide assez agréable de mes journées, ce sentiment de temps suspendu que soulignait la répétition *ad libitum* d'un ciel également bleu le matin, ennuagé de blanc puis orageux et déversant des torrents de pluie tiède avant de redevenir bleu l'après-midi, me plongeait dans un état de rêverie permanente et de délicieuse irréalité. Renonçant à mes fausses lettres sans sujet précis, je me suis mise à rédiger une ébauche de journal sans faits marquants, un journal de la monotonie douce. Très vite, j'en suis venue à me dire qu'on pouvait passer sa vie ainsi, à savourer la fraîcheur du sable clair, les eaux tièdes du golfe, la beauté du soleil couchant sur la mer à heure fixe : dix-huit heures, le gratin de christophines ou de bananes plantains du restaurant voisin, et, de temps en temps, ces petites langoustes à la chair dense que les pêcheurs vont chercher, à la demande, dans les casiers qu'on devine au loin. Une sorte de paradis avec ce que le paradis suppose de sérénité et d'ennui.

Mais il y avait Tissia et sa réalité était plus violente que l'orage quotidien. Tissia deviendrait mon sujet d'écriture, seul moyen, me semblait-il, d'accéder à cette part d'étrangeté que je décelais en elle. Outre la similitude de prénoms, je retrouvais chez cette gamine quelque chose du mystère de Séréna-Thérèse qui n'avait jamais vraiment cessé de m'occuper l'esprit. L'une, Séréna, avait deux lieux de naissance et deux identités, l'autre, Tissia, ne pouvait pas supporter qu'on lui attribue une mère. Pourquoi cette femme se refusait-elle, de tout son silence buté, à répondre à la colère de la petite ? Durant les vingt jours que nous avons passés dans ce village des Antilles, je n'ai jamais vu d'hommes – père, frère, oncle ou cousin de Tissia – dans l'épicerie où se succédaient à la caisse des jeunes femmes au regard fuyant et sans aménité qui avaient toutes un air de famille. Tissia, elle, aidait parfois à la pesée des légumes et des fruits. Le plus souvent, elle s'asseyait à l'écart devant une minuscule table de bar, un peu en retrait, où elle faisait ses devoirs en rentrant de l'école. Et il m'est arrivé de la voir rêvasser sur la page ouverte d'un cahier qu'elle tournait avec lenteur, comme à regret.

C'est lors d'une de mes promenades le long de la plage, à l'heure où le soleil, boule rouge, va disparaître sur la ligne d'horizon, que j'ai vu Tissia rejoindre le sable et marcher à quelques mètres de moi, sous les cocotiers, l'air de ne pas m'avoir remarquée. Nous sommes restées toutes deux silencieuses, moi les pieds dans l'eau, elle sur le sable sec, avançant à pas lents vers ce point lointain où s'éteindrait brusquement le jour. Sans échanger le moindre mot, nous avons regardé sombrer le soleil dans l'eau rouge. Les yeux rivés sur la débauche de couleurs de ce somptueux crépuscule tropical, je me suis éloignée du rivage pour rejoindre les grands arbres. La lumière fuyante qui s'éteignait en teintes pastel a incité Tissia à se rapprocher. J'ai persisté dans le silence. Il me semblait que la moindre parole pourrait la faire fuir. Et je savais que j'avais quelques chances de supporter mieux qu'elle ce silence tissé de la rumeur des vagues et des cris d'oiseaux. D'une voix rauque et ronchonne, elle a dit, comme reprenant une discussion ancienne qu'elle aurait menée seule :

— Lena c'est pas ma mère. Elle m'a juste élevée. Ma mère, je la connais pas, mais je sais que c'est sa belle-fille. Elle est partie quand je suis née. Mais c'est pas vrai qu'elle m'a abandonnée. Elle pouvait pas rester, c'est tout. Elle avait quatorze ans. J'ai pas de père mais je m'en fous. Mes copines non plus n'ont pas de père. Les papas, c'est rare ici. Mais elles ont une mère. Mais moi j'ai rien.

Elle n'attendait aucune réponse et je ne lui en donnai aucune. Elle parlait à haute voix, se délivrant d'une histoire trop lourde, trop douloureuse. Je n'étais personne pour elle, juste une touriste à laquelle elle s'était cognée un jour plus noir que les autres, et qui avait l'air de lui prêter attention.

Le bruyant silence de la mer et le ballet des grands oiseaux noirs ont repris leurs droits. Elle n'en dirait pas davantage. J'ai juste ajouté :

— On marche encore un peu, ou tu dois rentrer?

Et elle :

— On marche!

Et nous avons avancé sans un mot sous les cocotiers jusqu'à la paillote où les surfeurs et les véliplanchistes venaient se ravitailler entre deux vagues. Elle a dit d'une voix presque enjouée :

— Tu vois, ici aussi c'est chez Lena. Lena, c'est une femme d'affaires.

Et elle a souri devant mon air surpris et la manière dont je répétais bêtement « femme d'affaires ».

Puis, sans autre commentaire, elle a filé, et alors qu'elle était déjà loin, elle s'est retournée et m'a crié :

— Salut!

Je l'ai regardée disparaître, petite tache claire courant vers le village.

12

La manière dont la pensée fonctionne m'est un mystère. Alors que nous étions au mitan de ces vingt jours que Roman s'était accordés pour clore le dossier « marché aux poissons », et que je commençais à entretenir avec Tissia des rapports apaisés, j'ai éprouvé le besoin de reprendre mes notes sur le travail de lecture et d'écriture fait avec les prisonniers. Pourtant rien ici sur cette île aux horizons infinis ne m'évoquait la terrible clôture des centres de détention, les scanners de surveillance de l'entrée, les grilles qui s'ouvrent lentement, et qui à la sortie se referment dans un claquement sec qui m'a toujours évoqué celui d'une mâchoire dévoreuse à laquelle seul le visiteur a la chance d'échapper. Cependant, à ce moment précis, rien ne m'importait davantage que de me replonger dans ces histoires d'hommes privés de liberté qui lisaient avec voracité et parfois gourmandise les romans que nous leur proposions de commenter et de juger. J'avais noté à chaud, non sans naïveté : « Ces garçons, tous très jeunes et qui sont là pour de longues peines, ont sans doute commis des choses affreuses. Mais nous, animateurs d'atelier, n'en savons rien, et c'est sans doute mieux ainsi. Même si parfois pendant que l'un d'eux prend la parole et déroule un argumentaire parfait pour donner son ressenti de lecteur, je suis saisie d'une sorte de malaise, de sentiment d'injustice. Pourquoi un gamin de vingt ans peut-il être aussi intelligent, pertinent, et se retrouver là, derrière les barreaux, selon l'expression consacrée? Quelle histoire horrible l'a rendu horrible? » Oui, je sais, retour à Dolto, une histoire pas vraie qui l'a rendu pas vrai, et retour à Thérèse. Comment le nier? Je tourne en rond!

Mais là, en relisant ces notes prises sur le vif, et dont la maladresse rend bien compte du choc qu'ont provoqué ces rencontres mensuelles, très loin de ma zone de confort, je me dis que ce n'est pas Thérèse qui a directement suscité ce retour sur l'expérience prison mais Tissia. Le mystère de Tissia. Tissia refusant de toute son énergie d'avoir avec l'épicière, cette femme puissante, une quelconque ressemblance et un lien de parenté. L'histoire m'apprendra qu'elle est sa petite-fille.

Je ne sais plus aujourd'hui, alors que je tente de retrouver ce temps déjà lointain de mon premier séjour aux Antilles et où me revient l'image de cette fillette blond-roux, criblée de taches de son, cette jeune chabine au regard noir qui m'a réconciliée avec l'enfance, non, je ne sais plus avec précision comment Roman a trouvé la clé de ce que je considérais comme un mystère. Je l'avais alerté sur le sort de la gamine. Sa situation qu'elle avait résumée à grands traits et non sans colère – père absent et mère disparue mais qui ne l'avait pas abandonnée – m'avait troublée assez fort pour que j'en parle à Roman. Après tout c'était la jeune mamie (comment la nommer autrement ?) de Tissia qui nous logeait dans un de ses appartements, mis à notre disposition par le maire, et il pouvait se sentir concerné par le sort de la petite qui traînait à l'épicerie et sous nos fenêtres. Il était le plus à même d'en savoir davantage sur cette famille de femmes lors des rencontres avec les administratifs et les artisans du village avec lesquels, faute de faire avancer les travaux, il buvait quelques rhums après des réunions aussi longues qu'inutiles, pour se consoler de leur inertie et de leur mauvaise foi, pour se concilier leur sympathie. Ou parce que le rhum était savoureux. Peut-être tout à la fois.

Je me souviens seulement de ce que j'ai appris du drame qui avait frappé Tissia à peine âgée de quelques jours. Mais à défaut de preuves fiables, de comptes rendus de presse, de vérifications, toutes choses inaccessibles, voire inconcevables dans cette communauté fermée, si frileuse à l'égard des métros et a fortiori des métros en mission pour une instance européenne, je ne peux que rapporter des propos non étayés.

J'ai tenté de croiser les différents arguments rapportés par Roman, arrachés, disait-il, à ces hommes indifférents et enjoués, trop heureux d'échapper à ces discussions stériles sur ce marché aux poissons dont ils ne voulaient pas.

Les langues ne se délient pas facilement face aux étrangers. Les femmes réputées plus bavardes sont souvent les plus rusées pour « noyer le poisson », « botter en touche ».

Parler souvent abondamment, avec de nombreuses digressions et des ajouts aux propos, qui les détournent. Remplir le silence de mots pour anesthésier le questionneur. Les hommes ont une tout autre tactique. Ils minimisent l'importance de la question posée. Et les interlocuteurs de Roman au conseil municipal étaient surtout des hommes. Ainsi y avait-il eu d'abord une forme de silence étonné.

— La petite Tissia ? Vous parlez de la petite de l'épicerie ? Une sacrée gamine. Un caractère de cochon et un cœur d'or. Et bonne élève avec ça.

Roman n'avait pas reculé devant ce bla-bla qui ne répondait pas à sa question concernant les parents de la gamine. Où étaient-ils ? Pourquoi refusait-elle de dire que l'épicière était sa parente alors qu'elles se ressemblaient tant ? Pourquoi cette enfant était-elle tellement en colère, et fugueuse ?

Il avait entendu le baratin ordinaire concernant l'âge de la fillette, la révolte adolescente (mais elle n'est pas ado !), puis peu à peu étaient sortis du chapeau des propos retenus, des mots libérés. Tentative de meurtre, prison...

Sans doute aurait-il fallu être plus retors, moins direct que ne devait l'être Roman pour obtenir plus de détails. Il ressortait de ses maigres informations que la mère de Tissia avait tenté d'assassiner le père de la petite. Cette très jeune femme vigoureuse aurait, semble-t-il, accueilli son fainéant et cavaleur de séducteur-violeur avec une barre de fer ou un objet contondant du quotidien et lui aurait défoncé le crâne, le blessant assez gravement. Après un séjour aux urgences de l'hôpital, il aurait fui l'île sans laisser d'adresse. Et elle, la mère, une étrangère originaire de Guyane, se serait retrouvée en prison. Tentative d'assassinat. Le fait qu'elle soit guyanaise et son compagnon du cru ne lui avait laissé aucune chance. Et c'est elle, la mère, l'étrangère, qu'on avait punie et enfermée alors que tout le monde savait les traitements odieux dont elle était victime de la part de ce fils à maman, ivrogne, inconstant et qui l'avait laissée en rade alors qu'elle portait son enfant. Tissia était née dans la violence des rapports parentaux entre une gamine de quatorze ans et un homme de trente-cinq qui n'en était pas à sa première paternité.

Roman avait cru comprendre, plus dans les silences gênés que par des paroles explicites, que Lena l'épicière, grand-mère paternelle de la petite, élevait et employait dès qu'elles en avaient l'âge les filles que son garçon avait semées dans les ventres nubiles des nombreuses gamines dont il avait abusé sans le moindre remords. Combien de fillettes la mère de Tissia avait-elle vengées en fracassant le crâne de ce prédateur ? C'est la question que j'ai posée à Roman avec un accent de colère à peine contenu. Et devant mon émoi, il m'a dit : « C'est une sale histoire mais il vaut mieux que tu ne t'en mêles pas. De toute manière, on part dans cinq jours. Et j'ai vraiment hâte d'en finir. »

Sans doute avait-il raison mais je suis restée désemparée, au bord des larmes. J'allais abandonner Tissia à son sort de fille de victime, de victime potentielle, et repartir vers ma vie douillette, mon écriture, mes amis. Je me suis sentie aussi impuissante que lâche.

Les derniers jours avant notre départ ont été très

difficiles. Roman rentrait en métropole sans accord véritable. Le marché se ferait, contre la volonté locale. De l'argent tomberait dans des poches corrompues déjà bien garnies. Le poisson ne quitterait pas sa place sur le sol huileux du quai, et dans les petits box du marché inutile, des transactions pourraient se tenir en parfaite discrétion et illégalité.

Et Tissia resterait là, entre la caisse et la plage, la pesée des fruits et légumes et ses devoirs de classe. Et quand la vie serait trop rude, elle tenterait sans doute à nouveau de se laisser empoisonner lentement par les mancenilliers au tronc bagué de rouge en regardant d'un œil noir le soleil sombrer à l'horizon dans une mer écarlate.

13

De quoi est construite une pensée ? Comment s'articulent les souvenirs pour former une mémoire ? Quand je reviens au point de départ de ce récit – l'apparition dans un aéroport des Antilles d'une femme perdue depuis longtemps, Thérèse alias Séréna –, je m'étonne du parcours sinueux qui m'a conduite jusque-là. On vit souvent les choses dans l'innocence du quotidien, mais lorsqu'on veut les raconter, une autre logique s'impose, plus rigide. Comme si l'on cherchait dans tout événement ou toute rencontre un sens qui justifierait nos réactions. La mémoire met de l'ordre, enlevant aux éléments leur panache de légèreté. L'écriture recouvre parfois plus qu'elle ne dévoile. Sans doute me suis-je éloignée de Thérèse sans jamais la perdre de vue car je n'arrive pas à la saisir, à la retenir. Elle glisse, s'évanouit, change d'identité, me poursuit dans mes rêves, et je la retrouve dans des géographies où elle n'a pas sa place.

Tout cela sans compter le désir obsessionnel, récurrent de ralentir le récit, de ne pas courir vers une fin que l'on n'a pas envie d'atteindre. Ou alors lentement pour donner toute leur place aux faits les plus importants qui se sont enchaînés selon leur logique propre. Il me semble parfois qu'il en est des histoires qu'on écrit comme de ces comptines de l'enfance qu'on aimait tant : trois petits chats, chats chats, chapeau de paille, paille paille, paillasson, son son, etc. Il ne faut pas chercher dans la raison l'ordre des enchaînements. Mais dans la poésie, la fantaisie, la musique, le hasard et toutes ces choses qui cohabitent dans nos vies et se frottent et se cognent, et finissent par avancer ensemble.

Au retour de notre séjour antillais, Roman n'est resté que deux semaines en France. Il a filé au Japon où il collaborait à un projet, et j'ai retrouvé un quotidien d'écriture, lecture, cinéma, sorties, avec encore ce pincement au cœur à la pensée de Tissia la rebelle. J'ai repris mes notes sur les prisons et commencé un texte dont je n'ai pas su tout de suite s'il serait un roman ou une nouvelle. Il me fallait écrire pour mettre à distance le présent et le passé immédiat. Écrire pour distraire mes remords d'abandon et d'impuissance. Écrire pour sauver quelque chose ou quelqu'un. Moi, sans doute.

Quelques jours après mon retour, à ma grande surprise, et alors que je me rendais à un rendez-vous chez mon éditrice, j'ai trouvé une lettre de Thérèse dans ma boîte. Même papier bleu, même écriture, même absence de date. Elle n'avait pas changé. Je ne me suis pas précipitée pour la lire. Je l'ai glissée, juste décachetée, dans mon sac et je suis sortie. Je n'étais pas en avance et j'aurais tout le temps de déchiffrer les élucubrations de cette femme instable. J'ai pensé folle, sur le moment. Je n'étais pas d'humeur tolérante. Après un aussi long silence depuis sa dernière lettre, j'avais fait une croix sur Thérèse et ses caprices de bourgeoise désœuvrée. Sans doute étais-je vexée. Elle me sonnait quand elle en avait besoin et m'oubliait comme un vêtement inutile, une vieille chaussette, quand tout roulait pour elle. Ce n'était plus elle que j'avais envie d'écouter et d'aider. J'avais approché le malheur de l'enfance, le vrai malheur, celui de Tissia. Mais on ne mesure pas le malheur. Pour celui qui le vit, il est toujours le plus grand.

Et, alors que l'enveloppe dormait dans mon sac, un soir, tard, au retour d'un dîner déprimant qui réunissait l'autoproclamée intelligentsia parisienne à l'occasion d'une inauguration de Salon du livre, j'ai sorti la lettre de son enveloppe, pour en rajouter une couche, ai-je pensé. Pour plomber encore plus cette soirée épouvantable où je m'étais sentie si seule. Touchée, coulée!

Thérèse m'écrivait comme si des mois ne s'étaient pas écoulés depuis sa précédente lettre. Cette femme ne connaissait vraiment que le présent, une suite de présents qui tombaient tous dans le passé et dans la nuit de l'oubli sitôt vécus ou sitôt racontés.

Sa graphie était la même, caractères légèrement penchés à gauche comme en une sorte de repli, de retrait – *noli me tangere*! – pour atteindre le lecteur sans pouvoir en retour être atteinte par sa lecture. Elle me décrivait son dernier voyage à Alexandrie alors que, des années durant, elle m'avait dit n'y être jamais allée, et surtout n'y être pas née, et j'ai eu l'impression de retrouver dans ses propos enthousiastes et baroques les tonalités et certaines images de ce *Quatuor* de Lawrence Durrell dont elle avait jadis recopié les premières pages, pour me les servir dans une dissertation. Il y avait une telle tristesse dans cette évocation de la ville, une telle nostalgie, que ma mauvaise humeur a fondu au fil de ma lecture. Il me semblait que les mots n'étaient pas là pour montrer mais pour cacher ; la ville d'Alexandrie qu'elle me racontait exprimait à sa place un chagrin, une blessure, quelque chose comme une fin, un jamais plus. Elle évoquait « un message qui l'avait ramenée à cette ville unique, toujours balancée entre l'illusion et la réalité ». Elle s'interrogeait : « Depuis combien de temps l'avais-je quittée ? J'avais du mal à faire le calcul. » Plus loin, elle parlait d'une « ville qui se cherchait désespérément une identité ».

Je n'ai pas couru comme jadis vers ma bibliothèque pour y repêcher le volume 4 – *Clea* – du *Quatuor d'Alexandrie*. Je savais que j'y trouverais, exactes ou légèrement modifiées, ces phrases qu'elle chaussait comme Cendrillon sa pantoufle de vair. Dans lesquelles elle se sentait chez elle, à l'aise, avec lesquelles elle pouvait danser, vivre, pleurer. Durrell avait écrit pour elle la beauté, la folie, la grandeur, la décadence de cette ville mythique qu'elle avait refusée de toute sa résistance et vers laquelle finalement elle revenait.

La clé de ce retour était dans le post-scriptum : père décédé. Pas un mot de plus.

Je n'apprenais rien que je ne savais déjà en dehors de la disparition de son père dont le souvenir m'est revenu dans un halo de neige et de buée, et je l'ai revu un instant derrière la fenêtre, m'observant lui au chaud, moi dans le froid de l'hiver canadien, présent et absent comme sur une photographie.

J'ai relu la lettre avec plus de douceur, de lenteur. C'était une femme enterrant son père qui m'écrivait, et qui pour ce faire célébrait une ville, relisait un roman, se raccrochait à des images, des souvenirs qu'elle avait tenté de gommer sa vie durant. Il m'a semblé que l'important de son récit n'était pas la description d'un lieu mais cette phrase empruntée à Durrell et qui pour définir une ville en disait long sur la femme qui la citait : était-ce la ville « qui se cherchait désespérément une identité » ou elle qui tentait de découvrir sa place dans cette géographie orientale, d'y débusquer des traces de ses origines alors que celui qui l'avait conduite là, qui l'y avait peut-être fait naître, n'existait plus ? Il était cette mémoire du lieu. Et par réflexe, ai-je imaginé, elle s'était tournée vers cet écrivain jadis diplomate qui avait dû connaître son père et qui, mieux que quiconque, avait écrit en quatre volumes l'histoire et le mythe de cette ville qu'elle avait fuie si longtemps. Restait à savoir pourquoi. Mais cela, je n'étais pas sûre de pouvoir le découvrir un jour. Et sans doute ne voudrait-elle jamais partager avec moi ce secret de ses origines bouclé à double tour dans sa tête depuis tant d'années.

14

Alors qu'il avait quatre ans et hurlait de peur et d'angoisse toutes les nuits, victime d'un cauchemar récurrent – des crocodiles se jetaient sur lui –, Jules, le fils d'une amie, avait accepté de m'en parler. Pour le rassurer, je lui avais expliqué que les crocodiles des rêves n'étaient pas de vrais crocodiles car les vrais crocodiles vivaient dans l'eau et pas dans le lit des enfants. Il m'écoutait très sérieusement, en silence, et je croyais vraiment avoir gagné la partie de la raison. Puis une bonne minute plus tard il avait dit comme une évidence : « Oui, ils n'existent pas, mais ils mordent quand même. »

Cette vieille anecdote qui m'avait tant amusée, que j'avais racontée bien des fois, m'était revenue sans que je comprenne pourquoi. Peut-être sa logique illogique avait-elle été réveillée par l'intitulé d'une exposition de peinture découverte sur une affiche déposée chez un commerçant. Le nom du peintre y était écrit en caractères plus petits que celui de l'exposition, « Reflets de glaces ». Le pluriel du mot glace m'a intriguée et j'ai noté que les peintures étaient visibles dans mon quartier, à quelques pas de chez moi. Pourquoi n'ai-je pas prêté attention au nom du peintre ? Ou pourquoi l'ai-je zappé ? Il est des cécités qui sont un langage. Et alors que je pénétrais dans la galerie, j'ai frôlé deux femmes que je n'ai pas regardées, tout à la contemplation d'une très grande toile couleur d'aube dont je ne parvenais pas à deviner si elle figurait la mer ou le ciel ou les deux à la fois. Et la galeriste qui m'a observée dans ma contemplation m'a dit regretter que je n'aie pas pu discuter avec l'artiste et sa compagne, que je venais juste de croiser alors qu'elles quittaient la galerie. Et soudain j'ai compris que comme le crocodile de Jules, la mère de Thérèse n'existait plus pour moi mais elle mordait quand même. Puisqu'elle était cette artiste qui exposait là et dont je n'avais vu ni le nom ni le visage, comme si instinctivement je voulais m'en protéger.

Les œuvres exposées, très belles, assez inquiétantes, tendaient vers une forme de silence pictural. De grands glacis de peinture qui me rappelaient les ciels de petits matins d'hiver sur une route gelée du Québec, où aucune couleur franche n'était visible, seulement des tons brillants de perles et de nacre, avec des soupçons de rose, des illusions de bleu, des reflets vert d'eau, le tout dilué dans une lumière rasante et une aura de soleil pâle.

J'ai compris l'emploi du pluriel « glaces », sans toutefois être sûre que mon interprétation corresponde au propos de l'artiste. Glaces des terres gelées, glaces des miroirs qui réfléchissent le paysage. Glace de son cœur, ai-je ajouté. Sans cette glace-là du cœur, cette froideur communicative, les toiles auraient pu s'illuminer, rayonner. Nous bouleverser. Elles se bornaient à me sidérer.

Les œuvres de madame mère étaient belles et lointaines, inatteignables. Aux antipodes des évocations littéraires chaudes de sa fille, de cette ville de soleil et de poussière, de ciel marine et de mer Méditerranée. Et il m'a semblé lire dans ce travail soigné, parfaitement maîtrisé de l'artiste, une affirmation de soi qui excluait tout ce qui n'était pas elle et son monde. Cette exposition était à la fois profondément réelle, ancrée dans une volonté presque mystique de dépouillement, sans lien avec le parti pris esthétique des monochromes, et totalement cérébrale. Au milieu de ces toiles qu'on pouvait dire impressionnantes, je me sentais prisonnière comme parfois dans les cauchemars où rien d'effrayant n'est tangible mais où l'on perçoit malgré tout l'imminence d'un danger. Aurais-je eu le même sentiment si je n'avais pas connu Thérèse et son père, si je n'avais pas été informée de la mort de ce dernier ? Si je n'avais pas lu sa lettre enrichie de la prose de Lawrence Durrell ? Entre les peintures de la mère et la vie du père et de la fille, le fossé était si profond que je me suis demandé en quoi Thérèse pouvait se reconnaître dans cette part essentielle de sa mère qu'était son œuvre. Mais n'était-elle pas elle aussi, d'une autre manière, l'œuvre de sa mère ? De quel étrange amour, si le mot peut ici s'écrire, était née cette Thérèse meurtrie qui clignotait dans ma vie comme un phare intermittent ? Aucune réponse ne m'est venue.

J'ai quitté la galerie aussi gelée que si j'avais traversé des espaces polaires. Ce qui n'était pas vraiment faux. Ni vrai.

Je suis pourtant revenue deux autres fois voir l'exposition. Il m'avait semblé, après la première visite, que je m'étais laissé impressionner par la violence du vide et du silence de ces toiles qui affirmaient un moi solitaire et dur comme un diamant. La comparaison peut paraître un peu mièvre, elle l'est sans doute, mais je ne sais comment exprimer cet ensemble de froideur, de lumière, de dureté, de miroitement. « Reflets de glaces ». Quel titre ! Et je n'aurais pas pu trouver mieux pour désigner ce travail si lumineux et tranchant, si différent des œuvres que j'avais pu voir du temps ancien de mon année montpelliéraine.

Et à chacune de mes visites s'est affirmée la certitude que cette femme ne pouvait pas être la mère biologique de Séréna-Thérèse. Elles n'avaient rien en commun, mais surtout cette femme qui aimait une femme, qui sans doute n'aimait personne à part elle-même mais qui partageait sa vie avec une femme, sorte de servante-compagne selon un schéma classique masculin, ne pouvait pas avoir été la maîtresse ou l'épouse d'un homme comme le père de Thérèse. Car je ne doutais plus qu'il soit son père. Ce dont je doutais désormais c'est que cette femme soit sa mère. Restait à comprendre les liens qui les avaient unis tous trois. Ou l'image qu'ils avaient souhaité donner de leur relation.

Les hasards de la vie avaient remis sur mon chemin le gentil jeune homme qui m'avait cornaquée des années auparavant lors de mon invitation à la Foire du livre d'Ottawa. Il était à présent détaché au ministère de la Culture où il s'occupait de la rédaction des fiches à fournir au ministre pour certains discours de remises de prix ou de décorations, ainsi que des dossiers préliminaires à l'attribution de ces dernières. Je l'avais retrouvé en librairie à la signature d'un ami commun, et nous avions joyeusement fêté nos retrouvailles en allant boire un verre dans un bistrot voisin. Il était toujours aussi amusant, ironique et plein d'humour. Lors de cette rencontre, le père de Thérèse était toujours vivant, et nous avons évoqué cette soirée qui aurait pu être sinistre et dont il conservait comme moi un souvenir assez drôle. Il avait malgré tout pu souffler lorsqu'il avait quitté ce poste sous la houlette capricieuse d'un diplomate qui n'était pas, selon son expression, « inoubliable ». Il était retombé très vite sur ses pieds. Le poste qu'il occupait l'amusait. Il adorait écrire, et il n'avait aucune velléité de signer ses « œuvres ». Le ministre faisait ça très bien.

Et c'est à lui que j'ai pensé en sortant de la galerie après ma troisième visite. Lui seul pouvait m'obtenir des renseignements sur le père de Thérèse qu'il avait connu, un peu fréquenté, et dont il avait apprécié la compagnie et la malice dans ce milieu particulier de la diplomatie.

Je lui ai laissé un message sur son téléphone. Il m'a répondu le soir même et nous sommes convenus de nous retrouver le lendemain à déjeuner.

J'avais réfléchi à ce que je pouvais lui dire sans dévoiler le fond de ma recherche. La mort d'Antoine Deguelt, que je venais d'apprendre, était une bonne entrée en matière. Avait-il un moyen de joindre des membres de sa famille. Deguelt était-il remarié ? Avait-il d'autres enfants ? En fait je ne savais pas exactement ce que je devais chercher pour joindre Thérèse qui ne m'avait jamais donné son adresse, et surtout pour apprendre deux ou trois choses de sa vie à lui, le père, susceptibles d'éclairer celle de sa fille. Le jeune François Duron – mon ancien chaperon – n'avait pas été surpris de mes questions. Je les avais posées sans hâte entre deux digressions sur son travail, sur mon écriture du moment et sur les plats japonais européanisés délicieux du restaurant où il m'avait donné rendez-vous. Il pouvait trouver la dernière adresse du père de Thérèse, l'ambassade de Belgique ne la lui refuserait pas. Mais pas celle de sa fille qu'il ne connaissait pas et dont il avait appris l'existence durant notre dîner canadien. C'était un début. Il voulait bien demander à un de ses alter ego belges quelques renseignements sur la famille. Mais il avait cru comprendre que le père de Thérèse n'était pas ou plus marié. Veuf? Peut-être. Divorcé? Ce n'était pas le genre de renseignement qui traînait dans les salons bien-pensants. Il ferait de son mieux. Je lui ai parlé de l'exposition « Reflets de glaces » en émettant l'hypothèse que la femme peintre avait peut-être conservé un lien avec Deguelt.

Il n'a pas relevé, prêtant peu d'intérêt à l'exposition et aux éventuelles compagnes de cet homme qu'il trouvait vraiment sympathique, dont il déplorait le décès, mais qui était pour lui un diplomate d'un pays voisin francophone. Pas davantage. « Faudrait attendre un retour aussi mince soit-il, m'avait-il dit en riant. Puis à partir de là, fouiller un peu. Du boulot de romancier en somme. »

15

Mon dernier livre publié – un recueil de nouvelles – s'étant très peu vendu, mes finances commençaient à faiblir dangereusement. J'ai alors ressorti de mes tiroirs la demande de traduction qui m'avait été faite par un groupe de comédiens désireux de monter une sélection de textes de Teresa de Ávila. Ce n'était pas un gros travail, juste quelque trente pages, mais la difficulté de la chose transformait l'exercice en une longue tâche. J'avais appris sur le tard la langue de Cervantès et de Thérèse d'Avila. Mon premier voyage à Madrid n'était pas étranger à cet apprentissage. Et la traduction qui demande surtout la maîtrise de la langue d'arrivée, pour moi le français, m'avait vraiment séduite. Et Teresa de Ávila me fascinait. Cela faisait belle lurette que je ne m'étais pas plongée dans les entrailles de ce *Livre de la vie*, rédigé par la sainte dans une langue commune, profane, mais aux accents mystiques. J'avais profondément aimé ce texte. Je l'avais d'abord lu en traduction, mais il était une forme de fantaisie, de jardin secret, pour moi qui passais des examens et des concours de littérature française. J'avais consulté par la suite plusieurs traductions qui m'avaient presque toutes laissée sur ma faim, et l'envie m'était venue de me confronter à cet espagnol du XVIe siècle réputé difficile. J'étais fascinée par le récit de cette femme remarquable que l'époque avait acculée à la religion, seul moyen de faire carrière en un temps où le destin des femmes était de ne pas en avoir. Teresa était en outre, avais-je lu, d'origine juive, marrane et convertie comme il se devait à l'époque. Tout cela m'avait incitée à travailler l'espagnol, à la relire dans sa langue, et mieux encore à en traduire des passages, plus sûr moyen de me rapprocher de sa pensée, non sur un plan religieux, mais du point de vue de sa place dans la société, de sa vision du monde, du côté guerrier de sa pratique.

Je me suis replongée dans ces pages dont je gardais un souvenir lointain, et elles m'ont paru moins ouvertes et libres, plus dogmatiques que du temps où je les avais découvertes. La langue gardait, elle, toute sa beauté, mais les préoccupations mystiques de Teresa, sa foi, son dialogue perpétuel avec Dieu par l'intermédiaire du Christ m'ont surprise voire déçue. Je suis passée outre, tout au désir de creuser ce sillon ardu de la traduction, et j'ai retrouvé le plaisir de tenter l'impossible fusion d'une langue dans une autre, d'une pensée dans une autre.

Alors que j'étais tâtonnante à la page deux du chapitre 26 choisi par les comédiens, dans lequel elle évoque des moments de sa vie d'avant, de son passé sans Dieu présent, de ses peurs qu'Il a apaisées, le téléphone a sonné et j'ai identifié le numéro de François Duron. Il avait retrouvé la dernière adresse du père de Thérèse. Dois-je l'avouer ? J'ai eu un instant de flottement. J'étais entre deux Thérèse, la sainte espagnole et mon ancienne élève. Et j'ai compris tout à coup qu'il y avait un lien inconscient entre ce choix de petit boulot peu lucratif et l'inquiétude que généraient toutes les incursions de Thérèse dans ma vie.

Avais-je un crayon pour noter les dernières coordonnées d'Antoine Deguelt ? Je l'avais, et j'ai noté une adresse dans le nord de la France, tout près de la frontière belge. Y avait-il encore quelqu'un à cette adresse qui réexpédiait le courrier à la fille du défunt ? Ou une autre personne de son entourage proche s'en chargeait-elle ? De cela François ne savait rien. Il avait répondu à la question que je lui avais posée, et je le remerciai chaleureusement.

Je reprendrais la traduction plus tard. L'écriture d'une lettre jetée comme une bouteille à la mer me semblait autrement plus urgente et difficile.

Qu'écrire à un ou une inconnue pour présenter des condoléances et par ce biais tenter de joindre la fille du diplomate disparu ? Je connaissais à peine cet homme, quelques heures d'un dîner dans un pays de neige et de froid, et deux trois choses énoncées par sa fille qui n'acceptait alors pas vraiment d'être considérée comme telle. Après bien des années de silence, elle m'annonçait sa mort en post-scriptum d'une lettre qui ne voulait me signifier que ça. Commencer par « Mon père est mort » aurait été plus simple, mais la simplicité n'était pas une vertu de Séréna-Thérèse. Et elle avait eu recours à ce détour géographique et littéraire qu'était son évocation mi-« pompée », mi-personnelle d'Alexandrie, sa possible ville de naissance. Et sans nul doute un lieu important pour son père.

Pensée labyrinthique et pas le moindre fil d'Ariane pour en sortir. J'ai fini par rédiger un petit mot assez froid dans lequel je disais avoir appris le décès de M. Deguelt par une lettre de sa fille qui avait omis de me donner ses coordonnées où lui adresser mes condoléances. J'évoquais en trois lignes ma rencontre avec le défunt dont je gardais le souvenir d'un homme charmant et brillant qui avait accueilli la presque inconnue que j'étais avec la plus grande courtoisie.

Je barrai quelques mots trop explicites et redondants. Il fallait faire un peu sec si je voulais obtenir une réaction de Thérèse. Et j'ai envoyé la lettre à l'adresse donnée par François.

Je n'attendais pas vraiment de réponse. Si Thérèse avait voulu un échange, elle m'aurait laissé un numéro de téléphone, ou un lieu où la joindre. Il en vint pourtant une, qui me laissa perplexe. Elle émanait sans doute d'une très vieille dame car la graphie en était tremblée et élégante, de cette élégance des pleins et des déliés que l'on enseignait jadis dans les bonnes écoles. Sur l'enveloppe aucune marque, mais le bristol gravé qu'elle contenait l'était au nom de Mme de Visenque. Elle me remerciait pour ma lettre qui l'avait beaucoup touchée, et qui tranchait avec les condoléances mécaniques (le terme est d'elle) des diplomates de son entourage. Sa nièce Séréna était repartie à Alexandrie, très vite après les funérailles. Elle était très affectée par le décès de son père et ne souhaitait pas être dérangée dans sa retraite. Cependant, elle lui ferait part de ma lettre dès qu'elle se manifesterait.

Je n'avançais pas vraiment dans ma recherche, mais le fait que Thérèse soit repartie à Alexandrie me confirmait dans le sentiment que j'avais eu d'une réconciliation avec son père. Qu'attendait-elle de ce retour à des origines qu'elle avait refusées sa vie durant de toute sa hargne ?

J'ai mesuré combien la distance avec sa mère s'était encore creusée. Elle ne trouverait aucun réconfort auprès de cette femme lointaine. Le trouverait-elle à Alexandrie ? Elle s'affrontait à une ville que je ne connaissais que par mes lectures mais qui me faisait rêver. Une ville folle qui renfermait sans doute un secret que Thérèse était allée chercher. Secret de naissance, de paternité, de maternité peut-être. J'ai imaginé que la mère de Thérèse, celle que je connaissais comme étant sa mère, ne l'était peut-être pas. Tout cela me dépassait vraiment. Je suis retournée à ma traduction et j'ai retrouvé l'autre Thérèse, celle que Jésus visitait et dont il transperçait le cœur en une image de l'amour divin plus sensuelle voire érotique que celle de bon nombre des récits d'amour profane. Un cœur totalement pénétré d'amour, transverbéré.

La langue de Thérèse l'Espagnole, un peu étroite, sans réelle recherche poétique et pour cela peut-être empreinte de poésie, m'a accaparée de très longues heures. Transverbère-t-on une langue pour en atteindre une autre ? La réponse est non. La chair des langues vivantes ne se laisse qu'effleurer. Mais on a parfois de réels bonheurs à trouver le moyen de dire avec des sonorités proches la musique et les paroles de l'autre langue, celle qu'on tente de saisir pour l'offrir à de nouveaux lecteurs, traduite, réinventée, fidèle dans l'esprit. Ou d'une exaltante infidélité.

Dans mes rêves qui étaient plutôt des cauchemars et qui revenaient, obstinés, égratigner mes nuits, les deux Thérèse voisinaient en bonne intelligence et les deux, de conserve, se retournaient contre moi. Je les voyais rire en me désignant de leurs doigts vengeurs. La sainte, presque frivole, m'apparaissait la poitrine traversée d'une flèche qu'elle s'amusait à faire rouler de ses doigts emprisonnés dans un chapelet noir, et mon élève d'antan regardait, pardessus l'épaule de la sainte, un étrange navire posé à l'horizon sur une mer improbable qui léchait en guise de rivages les espaces désertiques d'une Castille brûlée de soleil. Elles criaient à l'unisson dans une langue qui voulait être de l'espagnol, qui ne l'était pas vraiment, mais que je pouvais comprendre : « Tu ne m'attraperas pas ! Tu ne m'attraperas pas ! »

Et elles riaient de plus belle, de ce rire sardonique qui m'effrayait tant que je me réveillais dès que je l'entendais. Je me retrouvais assise dans mon lit, tremblante et transpirante, persuadée que je n'arriverais jamais à traduire la sainte, pas plus que je ne parviendrais à élucider le mystère de Thérèse-Séréna. Idée qui m'empêchait de me rendormir et me poussait vers mon ordinateur pour y retrouver les pages du *Livre de la vie*.

Je guettais aussi l'arrivée du courrier dans ma boîte aux lettres, persuadée cependant de n'obtenir aucune réponse de Thérèse, aucune réaction à mes condoléances. Mais l'espoir demeurait malgré tout, comme si cette attente injustifiée me permettait d'échafauder les multiples hypothèses invérifiables qui se bousculaient dans ma tête.

Rien de plus abstrait que l'attente du signe d'un amant, d'une réponse à une candidature, de nouvelles d'une amie. L'attente, celle qui ne suppose à terme aucun bouleversement vital, si ce n'est un échec amoureux ou professionnel ou une désillusion, toutes choses dont on peut se relever, l'attente est le lieu privilégié de l'imaginaire. Combien de romans, de romances, de scénarios, de fables n'a-t-on pas bâtis lorsqu'on attendait un être, une chose ou parfois, seulement, le sommeil ? Imaginer pour combler le vide, imaginer pour conjurer le destin, imaginer si fort pour tordre la violence du réel. L'attente d'une réaction de Thérèse-Séréna était beaucoup moins cruelle. Mais elle suscitait chez moi de multiples hypothèses car je n'espérais pas tant un mot d'amitié que la résolution d'une énigme. Ce qui dans le fond était absurde car jamais cette jeune femme ne m'avait donné de quoi comprendre vraiment ses problèmes et leur origine. Elle m'écrivait pour se cacher derrière des mots, et d'une certaine manière, pour effacer ses traces.

16

Si je n'en avais pas été la traductrice, je n'aurais sûrement pas assisté à la première de cette lecture des textes de Thérèse la sainte. C'est toujours un sentiment bizarre que d'entendre les mots qui, même s'ils disent le texte d'un autre, sont les vôtres, ceux que, traductrice, vous avez ordonnancés, polis, pour leur faire passer la frontière. La lecture à voix haute ne pardonne pas. Si la langue ne sonne pas comme elle le devrait c'est que l'écriture, ou ici la traduction, est ratée. La voix dénonce la maladresse, la faute, la répétition, la banalité. La voix est exigeante. Et la phrase qui fait couac révèle une fausse note dans la partition. Les difficultés à traduire Teresa de Ávila, en dépit du travail fourni, pouvaient avoir eu raison de ma version française, et lâchement j'aurais préféré avoir quelques retours en privé avant d'être exposée à la critique. Les comédiennes étaient contentes. Elles m'avaient dit avoir bien le texte en bouche, mais elles avaient refusé ma présence aux répétitions. Ce serait une surprise. Elles seraient trois Teresa. Trois voix. Je découvrais le soir de la première comment elles s'étaient réparti les fragments, comment parfois elles les lisaient toutes trois ensemble, comment elles accompagnaient leur lecture d'une musique de percussions qui était moins religieuse que sacrée. Le tout dans une mise en scène dépouillée : trois chaises, une table, une bougie, un grand lys blanc...

J'étais vraiment émue de les entendre et j'ai très vite oublié de chercher l'erreur, la faiblesse, la rupture de rythme. J'ai sursauté en entendant mon nom cité lors des saluts. J'ai toutefois résisté à l'invitation des comédiennes de les rejoindre. Je me suis juste levée, rapidement, et rassise plus vite encore. Je n'étais pas la sainte.

Je suis allée les féliciter en coulisse, heureuse de cette représentation sobre et émouvante. Et alors que je regagnais la sortie, me faufilant entre les groupes de spectateurs et d'amis qui attendaient les artistes, une main s'est posée sur mon épaule et, avant même de me retourner, j'ai su que c'était Thérèse, Thérèse d'Alexandrie.

— J'ai pensé que vous iriez à la première et c'était mieux, m'a-t-il semblé, de venir vous voir que de vous écrire pour vous remercier de votre message. En plus j'ai adoré entendre ces textes. Juste un peu trop court. On en aimerait davantage.

Je me suis sentie glacée. Je ne savais pas comment répondre. Je n'avais pas de mots pour répondre. Je déteste les surprises mais je ne pouvais pas le lui dire ainsi, même si, sur le moment, c'est la seule idée qui m'ait traversé l'esprit. S'est-elle aperçue de mon désarroi, de ma colère ? Elle n'en a rien manifesté. Pour une fois, elle a pris les choses en main, elle m'a guidée jusqu'au café voisin et m'a conviée à prendre un verre. Voulant me ménager une sortie rapide, j'ai dit que j'étais attendue. Je savais que Roman ne rentrerait pas de réunion avant minuit et il n'était pas onze heures.

J'aurais dû me réjouir : enfin cette fille fantasque venait vers moi en toute simplicité. Mais je déteste parler après un spectacle, plus encore quand j'y suis engagée. Et que ce soit Thérèse qui vienne me déranger dans ce moment pour moi d'indispensable silence ajoutait à mon malaise.

Trop fine pour ne pas avoir remarqué que je n'exprimais aucune joie à la revoir, elle s'est contentée de faire le point : sa grand-tante lui avait réexpédié ma lettre qui l'avait touchée.

Je l'ai laissée parler sans intervenir, et j'ai eu le sentiment qu'elle n'éprouvait aucun malaise à me découvrir telle que j'étais ce jour-là, butée et silencieuse. Après tout peut-être pensait-elle que c'était mon tour de faire la gueule après toutes ses années de bouderies, de caprices et de mensonges.

Comme je regardais ma montre avec insistance, elle a proposé que nous nous retrouvions un autre jour, quand je serais plus disponible. Et comme je n'avais qu'une seule envie, filer au plus vite après toutes les émotions de la soirée dont elle n'était pas la moindre, j'ai accepté de la revoir le lendemain, sentant qu'elle ne me lâcherait pas avant d'avoir une date.

Elle m'a souri d'un air presque joyeux, en tout cas d'un air que je ne lui connaissais pas. Une certaine décontraction dans le regard et dans l'allure. Comme si, après avoir longtemps porté un lourd fardeau, elle avait enfin pu s'en libérer, et s'en trouvait soudain légère et soulagée. Elle avait rajeuni, ce qui ne signifiait pas qu'elle avait le visage de ses quinze ans, si bougon et fermé, mais elle avait ce je-ne-sais-quoi de charmant qui appartient aux toutes jeunes filles encore ignorantes de leur beauté et de leur pouvoir de séduction. Un charme qu'elle n'avait jamais eu du temps où elle était une jeune fille. Pouvait-on imputer ce soulagement à la mort de son père ? A priori, je ne le pensais pas. Mais quelque chose dans sa vie avait dû bouger, la délivrant soudain d'un sortilège qui l'accablait depuis l'enfance.

Comme j'ai regagné mon domicile bien avant le retour de Roman, j'ai eu le temps de reprendre mon souffle, de cuver la représentation des textes de Teresa – malgré mes craintes, c'était un succès – et l'arrivée plus qu'inopinée et malvenue de Thérèse. En un mot, je me suis calmée et j'ai regardé la situation sans énervement excessif. Certes, je continuais à la trouver gonflée de débarquer ainsi après tout ce silence. Le plus dur à accepter était de m'être fait surprendre. J'ai horreur de ces situations – anniversaire surprise, cadeau surprise, visite surprise –, ce qui fait beaucoup rire mes amis qui ne se gênent pas pour concocter dans mon dos tout ou partie de ces stupidités. C'est mon côté grognon emmerdeuse, dit Roman que ma mauvaise humeur n'a jamais troublé. Lors de notre séjour antillais, il avait déclaré avoir trouvé dans la nature l'équivalent de mes sautes d'humeur. J'étais comme les orages tropicaux, à heure fixe, brefs, n'empêchant pas l'impression de beau temps.

Peu à peu, la perspective de revoir Thérèse le lendemain m'est apparue comme normale voire agréable. Ma curiosité avait pris le relais de ma bouderie. Elle avait des choses à me raconter. Et c'était peut-être un moyen de me défaire de cette femme, de la jeune fille qu'elle fut, le moyen d'avoir enfin une grille de lecture pour la comprendre ; peut-être pas pour l'oublier, mais pour la laisser occuper sa juste place, pas davantage. Me délivrer d'elle en quelque sorte.

Je suis allée à son rendez-vous sans pour autant être assurée que ce n'était pas sa énième invention pour m'obliger à m'occuper d'elle. Que pourrait-elle inventer encore pour se rendre intéressante ? Non, j'étais injuste. Elle n'a jamais souhaité se rendre intéressante, elle a tenté, en vain, de me dire quelque chose et pour colmater les trous de son histoire, elle a multiplié lettres, textes, appels au secours, fuites, mensonges, plagiats, suicide... Et chaque fois que j'aurais pu me rapprocher d'une vérité qu'elle tentait de me dire, elle s'enfuyait comme un oiseau effarouché. Pourtant, pour la première fois, il me semblait qu'elle avait changé. Elle m'était apparue plus naturelle, moins coincée dans un personnage mouvant. Et si son rendez-vous n'était pas un lapin ou une nouvelle forme d'esquive ou, pire, une supercherie pour mesurer mon attachement, mon intérêt pour sa personne, il faudrait que je me rende à l'évidence : Thérèse assumait d'être Thérèse, mais aussi Séréna, d'être la fille d'Antoine Deguelt, d'avoir des liens avec Alexandrie, d'y être peut-être née et d'être belge par son père. Rien d'extravagant, en somme. Enfin presque.

Je suis partie assez tôt de chez moi et suis entrée dans la librairie en face du café où nous avions rendez-vous. J'ai traîné entre les tables, cherchant vaguement parmi les livres de poche quelques nouveautés qui m'auraient échappé. Mais je savais bien que ce n'était qu'un prétexte pour voir arriver Thérèse sans être vue. Pour vérifier sa ponctualité, ou pas, et me préparer à cette rencontre qui était peut-être la fin de l'histoire, ce qu'on appelle le dénouement. J'aurais aimé dénouer seule la complexité de la vie de Thérèse, comme on dénoue, dans un roman, l'intrigue qu'on a soi-même tricotée et dont il faut retrouver les fils, les séparer et ne rien oublier pour que la résolution soit logique. Mais j'avais eu beau chercher, émettre des hypothèses, je n'avais trouvé aucune vraie logique dans l'histoire de mon ancienne élève.

Comme souvent, au seuil de ce que je pensais devoir être des révélations, je n'avais plus envie de savoir, et je serais volontiers rentrée chez moi en zappant le rendez-vous si je n'avais pas vu arriver Thérèse d'un pas joyeux et prendre place à l'une des tables en terrasse d'où elle pouvait me voir comme je la voyais depuis la librairie. Et son geste de la main – coucou, je t'ai vue –, auquel j'ai répondu de même, m'a contrainte à passer vite en caisse avec trois petits poches à régler, témoins de mes activités et de la légitimité de ma présence dans ce lieu d'observation. En serait-elle dupe ?

17

Quelque chose s'était clos dans cette relation étrange que j'avais entretenue depuis des lustres avec Séréna, ensuite avec Thérèse, puis l'une et l'autre confondues. J'ai comme enterré les explications qu'elle a tenté de me donner ce matin-là sur ses vies multiples et les nombreux mensonges qu'elle avait dû avaler et à son tour faire avaler à ceux qui l'approchaient. Elle se présentait à la fois comme une victime et un bourreau. Elle avait mené la vie dure à tous ses proches. Et j'ai à peine été surprise de l'entendre citer la fameuse introduction de Dolto au « cas Dominique ». Il y avait bien quelque chose de pas vrai dans sa vie qui l'avait rendue pas vraie. Pourquoi n'en ai-je pas été émue ? Ni troublée ?

Je me suis sentie terriblement fatiguée à l'écouter remuer son passé comme un chaudron de sorcière dans lequel surnageaient morts et mensonges, vipères et poisons. Je lui ai demandé d'arrêter son récit qui ne me concernait pas. Je ne voulais plus rien savoir. Cette femme m'étouffait sous ses problèmes et je n'avais qu'une seule envie, la fuir et ne jamais la revoir. Je crois bien que je lui ai dit tout cela, sans m'énerver. Nos chemins se séparaient là. Il m'apparaissait soudain clairement qu'elle m'avait utilisée, qu'elle avait joué sur ma sensibilité, sur mon empathie.

Et j'avais dit stop sans ménagement. Elle comprenait mon ras-le-bol – l'expression est d'elle – à écouter ses mensonges et à subir ce jeu pervers qu'elle avait joué sans en être tout à fait consciente, prétendait-elle, à recevoir des lettres qui n'avaient d'autre but que de relancer mon intérêt pour elle. Elle se sentait si seule... Et là encore, il m'a semblé qu'elle me mentait. J'ai fini par mettre un terme à notre rendez-vous et j'ai regagné mon appartement, soulagée d'avoir exprimé et mon malaise et le désir de ne plus avoir la moindre relation avec elle. D'une certaine manière, en s'immisçant dans ma vie par surprise, en s'imposant dans le cadre d'une de mes activités où elle n'avait pas sa place, j'ai senti pour la première fois combien j'étais sous son emprise.

Sans doute aurais-je dû en prendre conscience des années plus tôt. Il y avait eu des moments plus flagrants, mais, jusque-là, il restait en moi cette forme de culpabilité de l'enseignante face à un élève perdu qu'elle ne peut secourir ni sauver. Vieux complexe judéo-chrétien fondé sur le salut !

Sans doute en étais-je arrivée au point où, m'étant éloignée de la relation enseignante quelle qu'elle soit, je ne portais plus ce même regard coupable sur les ratés de la relation professeur-élève. En un sens, j'étais enfin sortie de l'école.

Quand Roman est rentré le soir, avec un certain retard sur l'heure habituelle, je ne lui ai rien dit de ma rencontre avec Thérèse ni de la rupture que je lui avais imposée. Et nous avons parlé de tout autre chose. Il a dû voir que je n'étais pas au mieux de ma forme, et il a évoqué la perspective d'un voyage au soleil qui me ferait du bien en ces jours capricieux d'avril.

Quand on était dans le gris ou le noir de la vie, il fallait faire des projets en couleur, même lointains.

En réalité, je le comprendrais plus tard, il avait déjà concocté « quelque chose au soleil » avec ses amis architectes qui étaient devenus les miens.

Nous repartirions aux Antilles, à Marie-Galante, la dernière semaine de décembre. J'ai d'abord été surprise et très vite, sans que je me l'explique vraiment, enthousiaste. Puis j'ai un peu modéré mon ardeur, n'était-il pas gêné de retourner sur des lieux qui ne lui avaient pas laissé des souvenirs impérissables ? Non, il avait bouclé le dossier tant bien que mal et là, il ne serait pas question de marché aux poissons ni de contrat bancal avec l'Europe, mais d'une semaine de détente et de windsurf. Je n'étais pas partante pour les sports nautiques et acrobatiques, mais friande de ces grandes marches à la lisière des vagues, et gourmande des couchers de soleil sablés au champagne dont nous avions goûté les charmes malgré les conditions complexes de son travail. Ce coup-ci pas d'ordinateur non plus. Quelques livres, un maillot, une serviette, un chapeau de plage, des tongs, le tout dans un grand panier d'osier comme du temps de mes plages d'enfance quand on regagnait la maison dans la fraîcheur des fins de journée, la peau gorgée de soleil, de sel et de sable. Nous irions à l'hôtel. Pour une semaine ce serait plus commode. Farniente absolu !

Il restait presque huit mois pour préparer un tel voyage. Un délai confortable, ai-je dit avec sérieux, ce qui a fait sourire Roman.

« Méfie-toi, te connaissant, tu vas à peine avoir le temps de renouveler ton stock de crèmes solaires et d'antimoustiques », s'est-il moqué.

Les billets étaient réservés par les copains de Roman. Et c'était lui qui m'invitait. La valise serait vite faite. Nous partirions du froid de l'hiver parisien doudoune légère sur le dos, et vivrions en t-shirt et short toute la semaine. Les mois d'attente débordaient déjà du soleil à venir.

Dans l'euphorie de ce départ inattendu qui ne me demandait aucune préparation – c'était bien la première fois de ma vie que je partais ainsi comme on va faire un tour dans un jardin public ou un parc –, j'en ai oublié de penser à Tissia que je croiserais peut-être dans les rues ou sur la plage du village. Quant aux « confessions » de Thérèse, je les avais avalées tout rond, comme on mange un plat qu'on n'aime pas, en vitesse, en évitant d'en éprouver la saveur. J'étais à la fois sous le choc de ma lucidité soudaine et de ma colère, débarrassée d'un poids trop longtemps subi. L'annonce du voyage en avait court-circuité l'importance. Sans doute m'aurait-il fallu du temps pour cuver, ressasser, analyser ces confidences, pour pouvoir à terme les remettre à leur juste place. Je les ai rangées dans un coin de ma tête, comme on range un dossier ou un paquet encombrant au fond d'un tiroir, sans l'ouvrir. On fera ça plus tard, peut-être. Ou pas. J'avais déjà consacré trop de temps à cette fille. Et cette colère lors de son arrivée impromptue pendant la lecture de Teresa de Ávila ne m'avait pas quittée. Cette femme me sortait par les pores de la peau. Elle s'imposait quand ça lui convenait, après des années de mensonges et de dérobades. Je ne voulais plus la voir. Et du reste je ne la verrais plus. C'était ce que nous nous étions dit en nous quittant. Il n'y aurait aucune suite. Je le lui avais d'abord suggéré, puis imposé. Elle avait accepté, elle comprenait.

Le lendemain, elle m'avait laissé un message sur mon répondeur pour s'excuser de m'avoir pris tout ce temps à me raconter des choses de sa vie qui n'importaient qu'à elle. Mais elle avait si peu d'amis. Il lui arrivait de se sentir si seule parfois. En bref, je ne reconnaissais pas mon élève capricieuse, ni l'élégante participante à mon atelier d'écriture, ni la femme paumée qui m'écrivait de drôles de lettres sans signature et sans adresse où lui répondre. La Thérèse des confidences et de son temps retrouvé avait perdu de sa superbe et de ce mystère qui la nimbait d'une étrange lumière, comme la voilette des coquettes d'antan, qui dissimulait ou exaltait l'éclat de leur regard. La lumière l'avait quittée et notre trop longue relation de maître à élève avait trouvé son terme. Nous avions vieilli. Et j'étais devenue lucide. J'avais désormais pris la bonne distance.

Les mois qui ont suivi cette rencontre étaient tissés d'attente, de mirages ensoleillés et de rêverie douce. Je me suis acheté un nouveau maillot, j'ai anticipé mon départ en lisant ou relisant ces écrivains des Antilles – Simone Schwarz-Bart, Patrick Chamoiseau... – dont j'aimais l'écriture, les univers, la langue, ce français bouturé de créole. Et j'ai écouté en boucle Laurent Voulzy chanter « Belle-Île-en-Mer, Marie-Galante ».

Et, enfin, nous sommes partis.

Séjour de rêve. J'ai retrouvé avec un certain amusement le rythme des pluies quotidiennes qui ne perturbent jamais les bonheurs du jour, les voix enjouées des femmes matinales s'interpellant dans la rue.

Dans le jardin de l'hôtel, les petits déjeuners regorgeaient de fruits frais dont je me régalais, laissant à Roman les viennoiseries minuscules et les œufs coque. Je n'accompagnais pas les surfeurs, préférant à leur joie bruyante la douceur du soleil levant et la contemplation de la mer. Fidèles à mon souvenir, les grands oiseaux noirs aux ailes amples planaient avec grâce dans les courants des alizés. Et j'observais, avec une ironie assortie de tendresse, les surfeurs et leurs voiles de couleur qui tentaient maladroitement de les imiter.

Les hommes et les oiseaux, le rêve d'Icare, une si longue histoire...

Je n'ai jamais cherché à revoir Tissia, comme si, m'étant débarrassée de Thérèse, il m'était impossible de m'embarquer dans une autre histoire d'aide ou de soutien à une autre Thérèse, petite fille violente et déchirée. Sans doute avais-je vieilli si ce n'est grandi pour accepter sans culpabilité excessive d'abandonner mon côté Mère Teresa, ce qui, concernant les deux Thérèse de mes soucis, ne manquait pas de cynisme. Ou peut-être d'ingénuité.

Notre groupe de cinq – quatre architectes et moi – ne vivait pas ce séjour de vacances au rythme où Roman et moi l'avions vécu la première fois. Nous n'avions pas d'autres contraintes que celles qu'imposaient, pour eux, le vent dans leurs voiles et, pour moi, ma paresse ou mon désir de grands espaces marins. Nous pique-niquions dans des paillotes sur la plage, et le soir nous courions les restaurants les plus gourmands, peu nombreux il est vrai, de l'île. Et le rhum coulait à flots. Nous étions deux – mon amie Simone et moi – à lui préférer le whisky, ce qui nous valait des regards noirs des barmans, vexés de notre mépris pour cette boisson de circuit court, très court. On nous avait raconté que toute la canne à sucre de l'île était transformée en rhum et tout le rhum consommé sur place...

Je n'ai pas écrit une ligne de toute la semaine et n'en ai jamais éprouvé le besoin, le manque, ni le moindre remords. En d'autres circonstances, je me serais inquiétée à l'idée de ne pas faire d'exercices d'écriture et de devoir reprendre avec les difficultés ordinaires d'un sportif qui n'a pas fait ses pompes et doit se préparer à un marathon. J'aurais sans doute des crampes au bout des doigts et des pannes de démarrage. J'y pense là, en écrivant ces lignes, mais l'idée de ces problèmes à venir ne m'a alors pas même effleurée. Je jouissais de mes vacances avec une sorte de fringale. Comme après une maladie et une diète, lorsque la première tartine de confiture qui accompagne le bol de thé du retour à la normale a un goût qu'aucune autre n'aura, à moins de retomber malade et d'en être encore privée un assez long temps, etc.

Roman, qui passait ses journées sur sa planche avec ses collègues, était doré comme un pain d'épice. Il était le seul à ne pas se couvrir pour se protéger du soleil et de ce vent chargé d'océan qui accélérait les bronzages. « Je fais provision », disait-il lorsque l'un ou l'autre d'entre nous s'inquiétait de ses possibles brûlures.

Puis il avait fallu remplir la valise de maillots et de serviettes encore humides et dégoulinantes de sable, passer un jean et un sweat-shirt pour rejoindre le bateau qui nous conduirait à Pointe-à-Pitre où nous regagnerions l'aéroport.

Et c'est là, dans la foule des voyageurs, que j'ai vu ou cru voir Thérèse.

Et les bienfaits de ma semaine de vacances ont fondu avant même le retour sous le ciel gris parisien, dans une sorte d'angoisse que je ne pouvais ni définir ni exprimer.

18

Comment raconter la suite en étant au plus près des événements mais sans verser dans la pensée magique ou la paranoïa ?

Tout le récit tend vers cette fin qui pourtant sans cesse se dérobe.

D'abord peut-être évoquer la longue lettre sans timbre ni oblitération postale qui m'attendait dans ma boîte. Une lettre non signée, écrite à l'ordinateur, et glissée là par une main anonyme. J'ai d'abord pensé avec une certaine colère et sans la lire qu'elle était de Thérèse. Indécollable Thérèse qui avait fui durant tant d'années et qui, désormais, peut-être parce que je la rejetais, ne me lâchait plus.

Puis, quand j'ai commencé à la survoler, j'ai compris qu'elle ne pouvait pas en être l'auteur. Ce n'était pas tout à fait une lettre, juste un récit rédigé par une troisième personne désireuse de m'informer, de boucler le dossier Thérèse. Il y avait juste une date en haut de la première page : 4 janvier. Elle avait donc été écrite deux jours auparavant. Nous étions le 6.

Je me suis demandé s'il fallait ou non recopier ici le texte tel qu'il m'était transmis. J'en avais d'abord commencé la lecture avec colère – cette femme finissait toujours par envahir mon espace vital ! –, ensuite, prise au piège de ce qui était raconté, je me suis sentie de plus en plus captive et bouleversée. Aucun effet stylistique, juste une écriture blanche, sans fioritures, sans longues phrases. Des informations.

Les développements ordonnés avec logique, en dehors de toute sentimentalité, ne m'étaient pas directement adressés. J'entends par là qu'aucune interpellation à un lecteur, complice ou non, n'apparaissait dans le récit. Aucune allusion à un lien susceptible d'exister entre la personne dont on racontait l'histoire, celle qui la racontait et moi qui étais en train de la lire. J'en étais la destinataire puisque la lettre avait atterri dans ma boîte, même si rien ne me reliait à son auteur. Très vite pourtant, j'ai eu l'impression d'en être la seule destinataire, car, d'une certaine manière, ce texte répondait aux nombreuses questions que je m'étais longtemps posées à propos de Thérèse, dont quelques-unes que je lui avais posées directement.

Le récit mettait un point final à ces interrogations, ouvrait aussi la voie à d'autres questions, mais sur le moment je n'ai vu ou voulu voir que la résolution d'une énigme. Une chose comme ces quelques pages des romans policiers classiques qu'adolescente je n'aimais jamais lire dans la continuité de l'histoire, car je ne voulais pas connaître la solution, préférant garder pour moi seule les possibles fins que je m'inventais et qui m'aidaient à prolonger le frisson de la lecture. J'ai conservé de ce temps la manie de ne pas terminer les romans qui me plaisent, d'en garder quelques pages pour plus tard, comme les enfants gardent parfois des petits chocolats ou des bonbons dans leurs poches pour s'en régaler en douce à des heures où, en principe, ils sont interdits de sucreries.

Cependant, malgré mes réticences, j'ai fini par lire, non sans faire de nombreuses pauses, l'ensemble des feuillets, sous le prétexte fallacieux de m'en débarrasser. Sans en dire un mot à Roman que je ne voulais pas encore accabler avec cette vieille histoire. Et aussi par crainte qu'il ne se moque de moi, de mon indécrottable côté vieux prof.

Outre la date du 6 janvier inscrite en milieu de page et en caractères gras, comme une sorte de titre, rien ne concernait le présent. C'est du passé qu'il était question. Et quel passé !

J'y apprenais que Thérèse, de son second prénom Séréna, était née en Égypte, dans une clinique d'Alexandrie. Jusque-là rien de vraiment neuf. Les choses commençaient pourtant assez vite à se corser lorsque le narrateur abordait autre chose que la chronologie et la localisation. Il y rapportait une bien étrange histoire. La genèse et la construction d'un mensonge.

Voici donc resserré, écrit avec mes mots, le récit de sa naissance que Thérèse avait longtemps ignoré, qu'elle avait fui pour se sauver, pour tenter de vivre. Il lui avait été servi entre vérité et mensonges à petites doses savamment infusées, puis corrigées pour en brouiller les lignes. Une histoire mouvante qui, sournoisement, l'avait rendue folle.

Il faut imaginer ce qu'avait pu être la vie dans une ambassade à Alexandrie pour un fils de famille belge marié à une héritière française, mariage arrangé qu'il avait accepté, sûr que son épouse, qu'il savait indifférente aux hommes en général et à lui en particulier, ne l'empêcherait pas de vivre les nombreuses aventures que lui permettaient sa position sociale et le prestige attaché à sa fonction. Ni mariage d'amour, ni mariage d'argent. Juste de convenance. La mariée avait de l'allure et l'ambition de faire connaître son talent de peintre. Jusqu'à sa rencontre à Paris avec Antoine Deguelt, et malgré les relations de sa famille qui n'en manquait pas, elle n'était pas parvenue à imposer ses œuvres encore balbutiantes mais qui seules la passionnaient. Sa vie sexuelle plus qu'amoureuse la portait vers les femmes, mais elle ne développait de vraie ferveur que pour le produit de son art, ce qui était une manière de traduire l'amour qu'elle se portait à elle-même et dont sa peinture était le fruit et le reflet. Avant sa rencontre avec Deguelt, elle multipliait les aventures féminines et piochait de préférence dans le milieu clos des galeristes et des marchandes d'art. Les résultats avaient été décevants. Elle n'avait décroché que quelques participations à des expositions de groupe qui ne l'avaient pas révélée. Sans doute n'avait-elle jamais su que ses parents payaient pour qu'on accueille une ou deux de ses toiles dans ces accrochages collectifs.

Elle avait vu en Antoine Deguelt une réelle opportunité. Jeune ambassadeur, fils de famille, cultivé, coureur, parfait en somme pour attirer la lumière sur une épouse belle et talentueuse à qui la fonction de son mari apporterait une visibilité internationale. Elle avait l'élégance et la classe requises. Elle saurait recevoir, se montrer et séduire. Deguelt y gagnerait une certaine image, et elle de possibles collectionneurs.

Il semblait que monsieur l'ambassadeur ait eu, malgré tout, quelques réticences à se conformer au contrat tacite qui les liait. Il vivait assez mal le rejet, pourtant programmé, d'une jeune mariée qui ne l'accepterait jamais dans son lit. Elle lui avait fait savoir qu'elle ne lui reprocherait pas ses conquêtes et ses aventures si elles restaient discrètes. Elle-même avait convié sa compagne à la suivre à Alexandrie où elle était officiellement présentée comme la « camériste » de Mme Herbiu Deguelt.

Tout aurait pu continuer ainsi dans un mensonge sans réelles conséquences si Mme Deguelt mère, alias comtesse de Visenque, son prestigieux nom de jeune fille auquel elle n'avait jamais renoncé, s'inquiétant de rester sans descendance, et s'offusquant plus encore des rumeurs qui lui parvenaient concernant les vies très libres de ses enfants à Alexandrie, n'était intervenue. Sa bru pouvait bien porter au moins un enfant, et comme elle n'ignorait rien du saphisme de la jeune femme, elle lui avait écrit, parodiant une vieille chanson de scouts, que si tous les enfants conçus dans le noir et le dégoût se donnaient la main, ils feraient une immense ronde autour du monde.

La destinataire du message avait entendu l'appel. La famille voulait de la descendance ? Elle en aurait.

J'avoue m'être arrêtée un temps dans ma lecture, assez

écœurée par ces tractations autour d'un enfant marchandise, indispensable pour faire vivre une prestigieuse lignée et sceller une carrière. Sans encore connaître la suite que je soupçonnais pire encore, j'étais bouleversée par la genèse de cet enfant qui serait un peu comme un objet prestigieux – une Rolex, une Rolls-Royce – et dont l'existence serait d'abord et avant tout une preuve de réussite sociale. Ce cynisme que je savais banal, dont je connaissais bien des exemples lus dans des livres, dans la presse ou que j'avais surpris chez des gens de mon entourage, me renvoyait brutalement à l'image violente de la Séréna de quinze ans si mûre et si désespérée.

C'est une banalité de dire que si l'on ne sait pas d'où l'on vient, on ne peut pas savoir où l'on va, mais en lisant ce récit, il m'a semblé qu'apprendre tard, trop tard, d'où l'on vient est pire encore, car plus aucune ouverture n'est pensable après la révélation d'une vérité trop amère.

Toutes les issues sont bloquées. Plus de place pour le rêve. Pas de place pour l'espoir. Et les coupables ne sont même plus là pour prendre leur part de responsabilité. Cracher sur les tombes est un acte de désespoir et d'impuissance. Comme ces actions en justice contre les auteurs d'attentats horribles, tués dans leur mouvement destructeur et dont, des années plus tard, on fait le procès sans jamais pouvoir affronter leur regard, sans jamais pouvoir les haïr les yeux dans les yeux.

Lena Herbiu était-elle toujours vivante ? Peut-être. Sa dernière exposition remontait à moins de deux ans. Mais c'est comme si soudain elle avait disparu. Comme si l'émergence du père avait fait s'évanouir l'image déjà bien floue de la mère. Comme si les terres froides et les aubes de glace qu'elle avait représentées sur ses tableaux avaient effacé sa présence. Elle s'était dissoute dans le givre des nuées et les aurores couleur de perle.

Mais je m'éloigne de ce texte qui me brûle les mains et les yeux, de ces pages dactylographiées et impersonnelles, reliées par un trombone de couleur mauve, et dont je me force à poursuivre la lecture, comme, enfant, je me forçais à regarder les pages effrayantes des livres illustrés qui me terrorisaient mais dont je savais – croyais savoir – qu'il me faudrait les affronter si je voulais devenir grande.

Retour au récit anonyme, non pas pour tester ma vaillance mais parce qu'on ne s'arrête pas au milieu d'un gué.

Les femmes sont souvent les plus téméraires même si les hommes sont plus facilement guerriers. La mère d'Antoine Deguelt voulait devenir grand-mère et Antoine, lui, souhaitait asseoir son image aux yeux d'une communauté belge catholique dont il était le représentant dans cet Orient sensuel et tentateur. Qu'à cela ne tienne. Il serait père sans qu'elle, Lena, soit enceinte. Et elle serait mère sans porter d'enfant. Le reste était une question d'organisation, une sorte de tour de passe-passe. Restait à trouver dans le harem de son époux la plus fragile et la plus jeune des filles qui le rejoignaient, à sa demande, dans son lit. La plus naïve aussi, la plus seule. Une fille dont la famille ne pourrait pas interférer dans l'histoire, ni faire peser un chantage. Une orpheline ferait l'affaire. Elle serait pauvre, on lui donnerait un peu d'argent, et elle disparaîtrait.

J'imagine avec horreur la recherche de cette perle rare, à laquelle Lena et son amie se sont livrées avec cynisme et en toute discrétion tandis que monsieur l'ambassadeur faisait défiler dans sa couche des brunes, des blondes et des rousses, vraies ou fausses, à qui il ne demandait même pas leur prénom, sûr de les avoir oubliés avant la fin de la nuit.

Je ne rapporterai rien des tractations sordides des deux femmes – madame l'épouse de l'ambassadeur et sa compagne – pour sélectionner cette gamine rousse, âgée de quinze ans, prostituée de la pauvreté et qui avait plus que d'autres les faveurs de M. Deguelt. Il semble en effet qu'elle était charmante, sans doute perdue, orpheline, et que Deguelt avait pour elle une sorte de tendresse quasi paternelle. Sa rousseur et sa peau pâle auraient pu passer pour celles d'une jeune fille belge. Elle tranchait avec les brunes opulentes, au corps charnu, à la sensualité explosive, filles d'Orient qui, même artificiellement blondies, ne pouvaient cacher leurs origines méditerranéennes ou arabes. Et il était hors de question que l'enfant de l'ambassadeur et de son épouse élégante et froide comme les blondes d'Hitchcock puissent donner vie à un pruneau, aussi joli soit-il. Donc la petite rousse.

Personne n'a connu son identité, elle a porté l'enfant tout en gardant son corps mince d'adolescente. Les cinq derniers mois de sa grossesse, on l'avait expédiée sous surveillance à Chypre, non loin du lieu où Lawrence Durrell avait résidé et commencé l'écriture du *Quatuor d'Alexandrie*. Coïncidence ? Nul ne pourra jamais répondre à cette question que je suis peut-être la seule à me poser.

Pendant ce temps, Lena déclarée enceinte et fatiguée avait rejoint la France, une campagne proche de Paris, où elle attendait l'heureux événement que lui livrerait la jeune porteuse. La substitution fut une affaire réglée en moins de deux. Dans son lit de douleur sans douleur et avec la complicité d'un médecin de la famille, Lena Herbiu Deguelt était devenue mère d'une petite boule blanche, rose et rousse qu'on déclarerait sous le nom de Séréna, Thérèse Deguelt Herbiu. On avait ajouté le nom de la mère à celui du père. Sans doute fallait-il enfoncer le clou de la maternité. Des années après, lors de son arrivée à Montpellier, elle était allée plus loin encore en éliminant les prénom et nom de Thérèse Deguelt. La rupture avec le père de la gamine avait dû être violente. Lequel des deux avait cherché à effacer l'autre ? Il semblerait que la fausse mère ait voulu arracher l'enfant à son vrai père tant sur le plan réel – elle était partie avec « sa » fille – que symbolique, en faisant disparaître le patronyme et le premier prénom qui lui avaient sans doute été imposés par sa belle-famille.

Vue à hauteur de présent, cette histoire pourrait paraître banale. Bien des enfants naissent aujourd'hui de mères porteuses. Mais le mensonge, la dissimulation, le « pas vrai » de la situation qui avait rendu « pas vraie » cette Thérèse-Séréna qui hantait ma vie depuis des décennies, me semblait justifier la folie de l'élève puis de la femme qui flirtait avec le danger et la mort comme pour éprouver sa légitimité ou son illégitimité.

Le récit se passait de tout commentaire, il se contentait de raconter les faits, de les articuler, sans pour autant chercher à les justifier, à les expliquer, ou à en amoindrir la portée.

Cette lecture me donnait la nausée. J'avais dû l'interrompre à plusieurs reprises pour respirer ailleurs, autrement, pour retourner grâce à un café ou à un verre d'eau à une réalité plus banale, un quotidien peuplé de livres à lire et de textes à écrire.

L'idée de revenir aux écrits de et sur les prisonniers autour desquels je tournais depuis longtemps m'attirait, car elle me plongeait dans un réel, parfois sordide, mais qui trouvait une forme de rédemption dans la recherche de cette autre voie qu'était pour eux l'écriture. Ils étaient là pour payer le tribut de leur crime à la société, mais ils pouvaient transcender la punition, y trouver de quoi s'ouvrir à un autre monde. En tout cas, je m'efforçais de le croire sans toutefois y parvenir tout à fait. Une petite voix non dénuée de réalisme me soufflait que je ne m'en sortirais pas en cherchant encore un quelconque salut dans le sauvetage des autres. De quelle culpabilité étais-je née ? Pourquoi m'être attachée ainsi à une gamine pas même sympathique mais si désespérée qu'elle avait fini à quinze ans par attenter à sa vie ? Pourquoi avoir accepté de renouer avec la même devenue femme et qui s'était accrochée à mon enseignement en faisant peser sur moi le poids de sa vie, matériellement confortable, mais déchirée comme du temps de son adolescence et de sa tentative ratée de suicide ?

La vie des autres est un miroir ou un alibi. Tantôt l'un tantôt l'autre. En lisant ces éléments de la vie de Thérèse énoncés avec rudesse, je me suis sentie illégitime et pourtant responsable. Je n'avais rien compris. J'étais restée jusque-là fidèle à ce métier de professeur pourtant abandonné depuis de longues années. J'avais accompagné mon élève, soutenu mon élève, essayé de comprendre mon élève. J'avais juste oublié que ce n'était plus mon élève et que je n'étais plus son professeur. Et même si je n'avais jamais eu l'âge d'être la mère de Séréna-Thérèse, je crois que c'est cette place vacante ou peu et mal occupée qu'elle m'avait attribuée sans que je m'en rende compte, ou peut-être parce que cela me flattait. Notre relation était un quiproquo. Je n'étais ni ce que je croyais être, ni celle qu'elle souhaitait que je fusse. Tout faux ! Tout dangereux.

J'ai laissé les feuillets sur mon bureau, il m'en restait une dizaine encore à découvrir, et je suis sortie rejoindre Roman. Il était presque vingt heures et les rues de Paris étaient noires de monde. Nous hésitions entre dîner et aller au cinéma ou aller au cinéma et dîner ensuite. Sacré dilemme ! La tête encore embrouillée par ces pages déconcertantes et mes propres interrogations, il m'a semblé que le cinéma d'abord pourrait faire plus sûrement tampon entre le réel et le récit en glissant d'autres images et d'autres récits entre ma lecture toxique et ma vie. Et cela me permettrait en outre de ne pas avoir à parler à Roman qui s'inquiétait pour moi de ce qui me pourrissait la vie, l'expression est de lui, et si juste.

C'est Roman qui a choisi le film : *Juste la fin du monde*, une pièce de théâtre de Jean-Luc Lagarce revisitée par Xavier Dolan. Et je me suis laissé embarquer par cette histoire de solitude, de mort et de silence qui d'une certaine manière faisait écho à tout ce que j'avais lu de Thérèse. Non que l'argument du film – un jeune homme qui va mourir du sida vient rendre visite et dire adieu à sa famille qu'il n'a pas vue depuis de longues années – soit directement proche de celui de la femme à l'identité incertaine dont je lisais l'histoire dans un récit non signé. Mais la solitude du jeune homme condamné, cerné par la tendresse, l'incompréhension, l'indifférence, la rancœur paralysantes des siens m'a bouleversée si fort que j'ai passé le temps de la projection à pleurer en cachette sans trop savoir sur quoi je pleurais, lui, le fils incompris et homosexuel, elle, la gamine de quinze ans, la femme mûre baignée de mensonges. Ou sur moi peut-être, trop poreuse et incapable de trouver la juste place face au malheur d'autrui.

Roman n'a pas émis la moindre remarque, ni compassionnelle ni ironique, sur mes larmes abondantes que je n'arrivais plus à étancher ni à dissimuler. Son seul commentaire : il avait préféré la pièce de Lagarce, plus dure, plus rapeuse. Et il a embrayé sur un tout autre sujet et commandé deux coupes de champagne dans le joli restaurant où il m'a conduite. Que fêtions-nous ? L'anniversaire de la Sécurité sociale ! C'était une blague entre nous, un vieux souvenir de notre rencontre et de ce premier champagne bu au pied du lit de nos amours naissantes. Private joke ! Signe que ce soir, on ne toucherait à aucun sujet perturbant. Pas d'allusion aux chantiers en cours, aux projets en attente de réponse ni à mes travaux de plume – une expression qui nous enchantait – et moins encore à nos états d'âme professionnels. Roman avait plus que moi le goût de la vie et le sentiment fort qu'elle était à vivre dans toute son intensité. Elle était notre soleil et il s'efforçait d'en éloigner les nuages.

19

J'ai parfois pensé que, de retour chez nous après une soirée de douceur et d'apaisement, j'aurais dû jeter les quelques feuillets que je n'avais pas lus. Peut-être même aurais-je dû me débarrasser tout de suite de cette grande enveloppe anonyme et de ces pages dactylographiées qui remuaient un passé peu glorieux et dévoilaient des secrets qui ne me concernaient pas. Avait-on voulu que j'écrive cette histoire pour me la mettre ainsi entre les mains, sans délicatesse, sans introduction, sans prétexte ? Et qui était ce « on » qui se cachait derrière ce récit ? J'en avais d'abord cherché l'auteur dans l'écriture, la forme des phrases, le choix des mots, le style en quelque sorte ; je me suis livrée en toute modestie à une sorte d'étude génétique de ce texte qui n'en méritait pas tant. Sa platitude, si éloignée de l'écriture bouillante, torturée, volontiers plagiaire de Thérèse, me confirmait dans le sentiment qu'elle ne pouvait en aucun cas en être l'auteur. Sa grand-tante peut-être, ou du moins cette femme qui avait répondu à mes condoléances lors du décès d'Antoine Deguelt. Mais je ne pouvais imaginer cette vieille personne, semblait-il si attachée à son titre de noblesse et à une langue compassée, s'exprimer avec une froideur de rapport de police. Le texte ne mâchait pas ses mots. J'ai imaginé que c'était peut-être la mère officielle de Thérèse qui avait eu envie de livrer la vérité d'une histoire dont elle se débarrassait ainsi comme d'une peau morte.

L'hypothèse ne m'a pas convaincue. Ou la compagne de la mère, cette femme de l'ombre, image de l'artiste dans le miroir admiratif de son regard, femme soumise, effacée, silencieuse, toujours présente...

Aurait-elle eu pour une fois l'audace de s'exprimer, à condition que sa voix n'ait aucune tessiture, qu'elle soit blanche et anonyme ? Pourquoi pas. Mais que m'apporterait l'identification du rédacteur de ces révélations ? Et toujours la même question en marge de toutes les autres : pourquoi moi ?

J'ai laissé traîner les feuillets non lus sur mon bureau et me suis occupée de mille tâches en souffrance, qui souffraient depuis si longtemps sans que je leur prête la moindre attention, que, en temps normal, elles auraient fini illico dans la corbeille à papier. Il me fallait m'activer à des choses inutiles qui m'éloignaient de la petite pile de pages que je savais plus brûlantes encore que celles que j'avais déjà parcourues. Qui me brûlaient d'avance avant même d'y avoir jeté le moindre regard.

Les stratégies d'évitement sont passionnantes à déceler et à observer chez les autres. Même chez soi quand elles ne relèvent pas de la lâcheté ou de la peur. Comme je l'ai déjà dit, je suis de celles qui ne veulent pas terminer la lecture d'un livre, qui se sentent abandonnées lorsque, après un film magnifique, apparaît le mot fin sur l'écran. Je suis de celles qui ont du mal à boucler un roman. Finir, c'est mourir un peu. Je n'aime ni les adieux, ni les départs. Le mieux serait donc d'en finir vite, de ne pas ralentir la séparation. Finir pour s'alléger.

J'ai tardé trois jours à mettre ce vœu pieux à exécution. Roman partait quarante-huit heures à Strasbourg pour un projet qui semblait se concrétiser et qui lui redonnait le sourire qu'il n'avait d'ailleurs pas perdu car, contrairement à moi, il savait le garder même dans l'adversité sans que cela relève de l'indifférence, comme je l'en ai souvent soupçonné.

Le tête-à-tête avec les pages non lues devenait intenable. Ma lâcheté me faisait horreur. Qu'avais-je peur de découvrir dans cette queue de révélations ? J'ai d'abord pensé que la crainte de me retrouver dans ces pages, liée à ce récit, m'éloignait de son contenu final.

Je me raisonnais : pourquoi là plus qu'ailleurs, ma présence pourrait-elle hanter le récit ? Sans doute avais-je un peu mauvaise conscience de mon attitude à l'égard de Thérèse que j'avais repoussée sans ménagement lorsqu'elle avait à nouveau resurgi dans ma vie. Elle piétinait mon pré carré. Du moins l'ai-je éprouvé ainsi. Plus trivialement, elle me pompait l'air. Mais était-ce suffisant pour que ce rejet tardif, et dans le fond brutal, figure dans un texte factuel et dépourvu de sentiments comme celui-ci.

J'ai donc repris la lecture avec si ce n'est de la vaillance, du moins de la détermination. Il fallait en finir !

Je ne croyais pas si bien penser.

Les dix derniers feuillets n'étaient pas homogènes. Les premières pages avaient été écrites avec le même ordinateur que les précédentes et poursuivaient le récit de la vie de Thérèse, évoquant deux nouvelles tentatives de suicide, un mariage suivi très rapidement d'un divorce. Et les retrouvailles avec un père que l'âge avait assagi. Du moins s'éprouvait-il enfin comme père. À ce rabibochage d'abord assez superficiel pour Thérèse – elle n'avait aucune confiance en cet homme qui se découvrait père si tard, trop tard – avaient tout de même correspondu les premiers voyages et séjours à Alexandrie. D'une certaine manière, Antoine Deguelt l'y ayant rejointe, c'est la ville, ses silences et ses mystères qui les avaient réunis. Cette ville qu'elle avait d'abord connue dans les livres de Lawrence Durrell et qui l'avait fascinée au point de se l'approprier dans les pages merveilleuses d'un roman, avant de la connaître.

La mort de son père au moment où enfin elle le découvrait vraiment avait été un choc épouvantable. Et pour l'en consoler, non sans perfidie et cynisme, sa mère lui avait livré la vérité sur sa naissance. La suite avait été une longue chute, des séjours en psychiatrie, des voyages chaotiques à Alexandrie à la recherche, vaine, de sa génitrice. Elle avait sombré dans une sorte de mélancolie.

N'importe quel lecteur découvrant ce récit aurait deviné comment tout cela se terminerait. Comment tout cela s'était terminé. Moi non.

Entre aveuglement et espoir, mauvaise conscience et désir de changer le cours de l'histoire, j'ai refusé jusqu'au bout d'envisager la mort de Thérèse. Son suicide, réussi celui-ci. Elle était devenue si fragile, une brindille, disait le texte, que sa disparition définitive, au regard de sa dissolution physique dans les faubourgs d'Alexandrie, ne faisait pas une grande différence. Elle s'était laissée mourir. On l'avait retrouvée sans vie dans une rue, comme une pauvresse, comme devait l'être cette jeune femme inconnue aux boucles rousses qui l'avait mise au monde et qu'elle avait cru reconnaître dans une clocharde à la tignasse si sale qu'on en devinait à peine la couleur vaguement rouge.

Sur la dernière page il y avait deux dates : celle de sa naissance et celle de sa mort.

Je ne m'étais pas rendu compte que je pleurais. Une pluie de larmes sans sanglot, comme une eau très ancienne qui enfin s'écoule. Je pleurais sur elle, cette éternelle enfant à la recherche d'elle-même. Et un peu sur moi, sur mon aveuglement.

Soudain, entre mes larmes, je me suis arrêtée sur la date de sa mort. Je n'ai pas voulu regarder dans mon agenda ce que je faisais ce jour-là. Je le savais. Je le savais, je crois, depuis le début. J'ai juste fermé les yeux, et je me suis revue dans cet aéroport de Pointe-à-Pitre, dans la chaleur épaisse de ce hall bondé, attendant que s'affiche notre avion sans cesse retardé, et moi dans la foule, soudain, croyant l'apercevoir, criant même son nom : « Thérèse! Thérèse! » en direction d'une jeune femme pâle dont le regard avait un instant accroché le mien, et qui ressemblait à la Thérèse d'antan, qui ne pouvait pas être Thérèse, mais que j'avais pourtant hélée, et qui s'était fondue dans la foule comme dans une eau obscure. Et moi, livide, plus seule que jamais.

Composition : PCA.
Achevé d'imprimer
sur Roto-Page
par l'Imprimerie Floch
à Mayenne, en avril 2023.
Dépôt légal : avril 2023.
Numéro d'imprimeur : 102341.

ISBN 978-2-7152-6195-2 / Imprimé en France.

597007